Numéro 2

Numéro 2

Samuel Augson

© 2020, Samuel Callu
Édition : BoD – Books on Demand, 12/14 rond-point des Champs-Élysées, 75008 Paris.
Impression : BoD - Books on Demand, Norderstedt, Allemagne
ISBN : 9782322222278

Chapitre 1 : Pas plus qu'une vermine

L'histoire qui suit eut pour localisation un étrange édifice. Une bâtisse froide et aussi curieuse que terrifiante. Le soleil ne brilla pas une seule fois entre les parois des murs. Pas une petite strie de lumière n'éclaira les chambres à l'intérieur du bâtiment. Aussi difficile que cela puisse paraître, des humains vivaient dans cette « maison » sans chaleur extérieure, sans lumière naturelle.

L'endroit était situé dans les profondeurs d'un désert, sous des tonnes de sable, éloigné de toute autre vie. L'apparence chaude et belle du désert au-dessus était instantanément brisée une fois les entrailles de la Terre passées. Des parois de métal blindé séparaient le sable naturel de la vie fabriquée des personnages étranges entre ces murs. Quelques boulons pouvaient être aperçus de çà et là, si quelqu'un arrivait à creuser une bonne centaine de mètres, mais c'était bien là la seule particularité esthétique du bâtiment. L'architecture ressemblait à d'immenses cubes très laids les uns à côté des autres. Ils n'avaient pas pour fonction d'attirer des touristes, mais plutôt de les faire fuir. Les habitants de ce bagne étaient surement des bandits, des criminels, des gens ayant commis assez d'horreurs dans leur vie pour mériter de vivre dans un endroit comme celui-ci. Et pourtant, même des personnes de ce genre n'auraient pas à subir un sort comme les prisonniers de cette cage.

Ceux qui avaient donné corps et âme pour construire ce bâtiment détestable n'avaient pas été de mauvais bougre, ils en étaient devenus avec le temps. Les premiers étaient cinq et avaient des titres bien précis. Au fil des années, quelques-uns s'ajoutèrent à ceux-là et à l'époque de cette histoire, on en comptait une vingtaine.

Vingt personnes pouvant décider de vie ou de mort sur des esclaves enfermés. Chacun d'eux portait un masque sur le visage et une capuche sur la tête. Cela les cachait des regards et leur permettait de bénéficier d'avantages techniques dus aux recherches technologiques que les locaux exécutaient. Ces masques qui leur donnaient un certain style, mettaient en valeur les chefs et les distinguaient les uns des autres. En un coup d'œil, les personnes observant un masque pouvaient identifier le rang du chef au vu du numéro inscrit sur celui-ci. Dans cette troupe de vingt personnes, il y avait un maître. L'ordre ne régnait que par la terreur sur les prisonniers, mais aussi dans l'équipe des chefs. Le plus haut gradé portait un masque, mais pas de numéro pour indiquer sa position. En revanche, un superbe trait jaune vif au niveau de la bouche montrait un faux sourire et faisait pâlir tous les visages de ceux qui le voyaient apparaître dans la noirceur des locaux.

Les couleurs des numéros distinctifs sur les masques étaient une nécessité, puisqu'ils indiquaient les grades de ces gens. On pouvait compter cinq couleurs en tout avec des chefs pour les commander. Cinq chefs rouges, cinq bleus, cinq verts, quatre oranges et un jaune, classés respectivement du plus faible au plus puissant.

D'un autre côté, chez les « prisonniers » on trouvait aussi des signes distinctifs sur chacun, rapportés par rapport à leur couleur de groupe et leur rang dans celui-ci. On comptait une cinquantaine de prisonniers marqués, répartis par paquets de dix dans chacune des couleurs. Cette hiérarchie établie dans l'établissement était plus importante pour les chefs que pour les prisonniers, car ceux-là savaient qu'ils n'avaient rien à dire à n'importe lequel de leurs supérieurs.

Que faisaient toutes ces personnes éloignées de n'importe quelle autre forme de vie, sous un désert, ayant une telle organisation ? Les évènements de la vie des prisonniers parlèrent d'eux-mêmes. Et l'un d'entre eux en particulier.

— Numéro 2 ! Debout !

La personne venant d'appeler entra dans la chambre froide et rouillée en éclatant la porte contre la paroi métallique juste derrière. L'homme masqué qui fit son apparition dans un boucan du diable envoya un grand coup de pied dans le corps de l'homme à terre pour s'assurer de voir le blanc de ses yeux et de le réveiller. Celui-ci ne répondit rien et ouvrit normalement les yeux. Le chef qui était venu aujourd'hui était comme tous les autres, sadique et vicieux. Il avait pris soin de placer des petits pics sur l'avant de sa chaussure pour transpercer ne serait-ce qu'un peu de chair de la personne qu'il tabassait. Rien de bien déstabilisant lorsque les côtes étaient habituées à des traitements bien pires.

Numéro 2 était réveillé avant l'arrivée du chef qu'il pouvait désormais apercevoir. Les deux marques orange du masque brillaient très bien dans la pénombre et lui laissait admirer le rang de son agresseur. L'homme à terre avait attendu patiemment son réveil. Aussitôt frappé, il se leva regardant droit devant lui, sans croiser le regard de l'autre. L'homme attendait les instructions.

— Tu n'es plus très bavard aujourd'hui, dit le chef. Peut-être que les coups de bâtons d'hier t'ont calmé après tout. Ben quoi ? Tu n'avais qu'à ne pas nous titiller, tu sais très bien qu'on voit quand tu manigances quelque chose.

— Oui. Répondit Numéro 2 sans expression.

— Bien. Alors aujourd'hui tu devrais avoir une meilleure journée ! continua le chef en lui mettant une grande tape sur l'épaule. Suis-moi !

Aussitôt dit, aussitôt fait. Les deux personnages sortirent de la cellule et Numéro 2 se retrouvait avec huit autres prisonniers qui suivaient le chef comme des soldats. Ce fut au tour du dernier personnage de se faire appeler. Une fois devant la porte de celui-ci, le chef ne fit pas comme pour les autres et toqua sur la paroi en métal. Il ouvrit le loquet de l'extérieur et tint d'une voix rauque et rassurante :

— Allez, debout Khan ! On t'attend pour continuer.
Et ce dernier ne mit pas trois secondes supplémentaires pour pousser la porte que le chef avait entrouverte. Son regard plus sérieux que celui des autres se rangea derrière le cortège et suivit sans dire un mot. Tous marchèrent en rythme, tête et dos droits, parfois couverts de bleus. Ils finirent par apercevoir un brin de lumière au fond du couloir. Le chef une fois passé au travers, se rangea sur le côté et regarda chacun des dix personnages marqués de leur numéro orange. Ils arrivèrent tous à bon port et redécouvrirent une salle d'entrainement classique, spacieuse et froide, finalement pas beaucoup plus lumineuse.
— Khan, aujourd'hui c'est toi qui fais l'entrainement. Un bois pour toi, mains nues pour les autres. Exercice numéro 18. Je vais regarder et on verra ce qu'on va faire des perdants. Tu peux commencer.
Celui-ci hocha la tête et partit un peu plus loin dans la salle pour trouver son arme. Les neuf autres pendant ce temps savaient ce qu'ils avaient à faire et se mirent en position de combat. Pas un mouvement suspicieux en attendant le premier du groupe. Le silence régnait. L'homme revint avec une arme plutôt fine, un bâton assez flexible pour fouetter, mais assez rigide pour faire tomber quelqu'un. Ainsi, l'arme en main, il s'écria vers les autres :
— Maintenant !
Il ne fallut pas un quart de seconde pour que le numéro 10 réagisse et se place directement en position d'attaque, avec l'ordre de défaire son opposant. Le but de l'exercice était simple. Du plus faible au plus puissant, chacun des personnages se devait d'essayer de vaincre le premier. Si l'un d'entre eux était vaincu, son supérieur avait obligation de l'amener sur l'un des bancs des côtés tout en combattant le Khan, puis de le défaire. Le numéro 10 qui fut le premier avait une bonne posture d'attaque, les genoux pliés et les talons presque détachés du sol. L'homme avec son bâton se précipita vers le premier

de ses « adversaires » et envoya deux coups de sabre en diagonale vers celui-ci. Il les esquiva en reculant et fit une roulade sur le côté. En tentant de donner un coup de pied en direction des jambes du Khan, le soldat tourna la tête et ramassa un grand coup de bois en pleine tête. S'étalant à terre, il annonçait à la deuxième personne de s'avancer pour à son tour tenter de défaire l'adversaire. Le numéro 9 était une femme, et celle-ci allait devoir ramener son coéquipier sur le côté. Le Khan n'allait surement pas lui faire de cadeaux pour autant.

Elle s'avança dans la même position que le premier et attendit la venue de l'« ennemi ». Celui-ci arriva assez vite en donnant un coup de bâton de bas en haut toujours en diagonale. Le coup étant parti de la gauche vers la droite, la femme profita du peu de l'ouverture pour se décaler sur son côté gauche et se rapprocher du compagnon à terre. Elle arriva proche de lui, mais ne le regarda pas pour rester concentrée sur l'homme qui s'était déjà retourné, le bois pointé dans sa direction.

Elle esquiva un autre coup et tenta de donner un coup de poing au niveau du foie de l'homme. Mais celui-ci fit un pas vers l'arrière en tirant le poignet de la femme, la faisant basculer vers l'avant avant de donner un coup franc sur le haut de son dos. Elle ne tomba pas, mais plongea complètement vers l'avant en faisant une roulade avant de se stabiliser et reprendre sa posture initiale.

Le Khan plus sérieux se jeta encore vers son ennemie, donnant des coups aussi rapidement qu'il le pouvait vers la gauche puis la droite. La femme esquiva les quelques premiers in extremis, mais ramassa quand même un coup de bâton puis le poing de l'homme qu'il avait lâché du manche. Il donna un coup de pied direct vers l'avant et le tour était joué. Numéro 9 était tombée et c'était encore une défaite.

Le Khan ne s'arrêta pas une seconde de plus et se jeta sur les suivants sans leur donner le temps de réfléchir. Il les envoya au tapis un par un avec quelques coups seulement. Il devenait impossible de ramasser tous les perdants et de faire face à l'adversaire en même temps, mais telle était la règle. Il ne restait plus que deux adversaires encore debout. Le sabreur qui les savait coriaces ne se dégonfla pas pour si peu et leva son bâton vers le numéro 3.

Il eut le droit à quelques bons échanges, il reçut deux ou trois coups dans les bras qui lui permirent tout de même d'aller chercher deux personnes au sol et de les emmener sur les côtés. Cela ne fut pas suffisant et celui-ci vint aussi à tomber au sol, ne pouvant pas suivre la vitesse du plus puissant.

— Bien, il ne reste plus que vous deux. Dit le Chef derrière son masque, attentif à tous les mouvements des pauvres torturés. Khan, va chercher un vrai sabre, mais évite de trancher la tête de Numéro 2.

Et sans réfléchir, l'autre partit rattacher son bois au râtelier et alla chercher la vraie lame, non plus en bois, mais en superbe acier rouillé, elle était presque tranchante.

Numéro 2, pas plus effrayé que d'habitude, prit la même posture que les autres, et engagea les festivités. Il ne tentait pas d'attraper quiconque sur le sol, et bougeait de droite à gauche pour appréhender les coups rapides du Khan.

Il connaissait par cœur le personnage en face de lui et envoya directement un coup de pied dans le genou droit du sabreur quand celui-ci balança sa lame de l'autre côté. Le Khan tenta de renverser sa lame pour atteindre l'adversaire au niveau des côtes, mais Numéro 2 attrapa la main en vol puis enchaîna avec un coup de poing en pleine face. Il fut si puissant et rapide, que son adversaire ne put que l'encaisser. Le combat était fini. Le second qui tenait encore le corps dans les vapes de son supérieur le posa au sol et alla chercher un par un les coéquipiers tombés avant lui pour les disposer sur les bancs. Il n'y avait aucun sourire, aucune fierté, aucun honneur. L'entraînement était fini, et tout le monde en ressortait perdant.

— Mais c'est pas vrai ! s'exclama finalement le chef au masque orangé. Les règles sont les règles, ce sont les perdants d'abord ! Et tu ne pouvais pas montrer ce genre de férocité pendant les démonstrations la semaine dernière ? Tu nous fais passer pour quoi ? Montrer que tu es le plus fort seulement quand ça t'arrange, c'est ce qui te fera mourir !

En disant ces paroles, le personnage désormais aux pieds de Numéro 2 lui décocha une gifle sur le visage. Le prisonnier ne tenta pas d'esquiver. Il releva la tête sans rien dire pour continuer d'écouter.

— Tu vas encore passer une mauvaise journée, soldat de pacotille. Tu n'es pas digne d'être traité avec respect puisque tu ne seras jamais un guerrier comme nous.

Il reprit ensuite en se tournant vers le Khan à moitié éveillé :

— Et toi... Ce n'était pas du bon boulot. Tu n'as pas gagné ton titre pour perdre face au second. Je ne t'inflige rien, mais c'est ton semblable qui va prendre. Numéro 2 ! dit-il de vive voix. Va prendre la lame et coupe-toi une phalange du doigt de ton choix.

C'était la première fois que cela arrivait pour lui. Numéro 2 avait encore tous ses doigts, mais il connaissait bon nombre d'apprentis soldats qui n'en avaient plus beaucoup. Toujours sans rechigner, il exécuta et partit chercher la lame rouillée avant de poser son petit doigt au sol. Il coupa celui-ci d'un tiers de sa longueur aussi vite que possible et le présenta ensuite au chef. Le Khan qui avait regardé l'autre se tailler un doigt à sa place ne put pas se retenir de ressentir la petite souffrance de celui-ci. Il en était désolé.

—Hmm... Bien, ce n'est pas trop mal, dit le chef. Tu peux aller bander ça très vite. Si je ne t'entends pas, ça suffira.

Toujours sans réponse, il se tourna et commença à marcher. Le chef sortit un fouet de sa ceinture et donna un grand coup dans les airs pour faire peur à Numéro 2 qui sursauta. Celui-ci ne tint rien et marcha encore vers la petite boîte rouillée accrochée au mur. Dans celle-ci étaient disposées quelques bandes, rien de bien médical, mais c'était mieux que rien, pour un doigt en tout cas.

Le comportement du deuxième chef de l'équipe orange n'était pas vraiment différent des autres, quoiqu'un peu plus vicieux ; il était aussi détestable que l'on pouvait l'être, sans une once d'humanité ou de compassion. Les membres de l'équipe étaient déjà rodés, étant parvenus jusque dans cette couleur orange, ils étaient passés par bien des entrainements et tortures, autant physiques que morales.

— Combien de temps cela peut-il faire que je suis là ? Se demanda le garçon qui s'était coupé le doigt. Il n'était pas très inquiet de savoir combien de temps il lui restait, mais il était simplement curieux. Avec les années qu'il avait passées entre ces murs, il avait perdu toute notion du temps, tout allait si vite et si lentement. À vrai dire, il avait aussi perdu la notion de la plupart de ses émotions qui n'avaient pas le temps de ressurgir entre deux baffes de ses supérieurs. Toutefois, la colère et l'acharnement qu'il pouvait utiliser au combat n'avaient jamais diminué depuis son enfance. Puisque ces émotions avaient prouvé leur utilité dans le secteur, les supérieurs leur avaient bien fait fleurir celles-ci dans le crâne.

— Je t'entends penser. Dis le chef à Numéro 2 qui ne répondit pas. Bon, peu importe que tout le monde se relève et parte pour les salles de furtivité 3 et 4. C'est toi, second qui va t'occuper de ton camarade, mais ne me fait pas attendre !

L'homme partit alors relever le Khan de sa couleur, car c'était le plus endommagé de tous. Les autres sur les bancs n'avaient reçu aucun reproche de leur chef, ils voulaient que cela continue et se relevèrent donc seuls pour aller le rejoindre. Numéro 2 porta l'autre homme en passant le bras de celui-ci au-dessus de son cou. Le numéro 6 qui était le plus proche tenta de faire de même de l'autre côté, mais le second le repoussa.

— Il m'a demandé à moi, ne sois pas punis à ton tour, laisse-moi faire. Et l'autre sans dire un mot passa son chemin pour rejoindre les couloirs très sombres vers les salles indiquées. Le Chef fut à peine parti sans les guerriers en apprentissage, que ceux-là prirent une allure plus triste et une cadence de marche plus lente, bien que toujours en rythme. Tous étaient exténués. On lisait sur le visage de chaque personne la souffrance des années en captivité qu'ils avaient passées, mais chacun d'un trait différent, selon les leçons reçues. Ces humains étaient effectivement devenus des machines de guerre furtives, prêtes à raser l'armée d'un autre royaume en solitaire. Mais le coût de cette force de la nature était si grand qu'il ne pouvait pas être caché par leur visage.

La « journée » avait commencé ainsi, et mit les femmes et les hommes du groupe dans une bonne dynamique. S'ensuivirent les leçons de furtivité remplie de pièges douloureux, de force avec quelques coups de fouet s'ils échouaient, de tactique avec encore quelques moyens bien trouvés d'endurcir l'esprit des combattants. En bref, une autre journée dans l'enceinte du bâtiment.

Chapitre 2 : Une occasion de discuter

Une fois le programme d'entrainement de la journée terminé, il fallait encore que chaque soldat fasse les pas vers sa chambre, et cela était peut-être l'épreuve la plus éprouvante pour certains. Tandis que d'autres étaient punis et ne pouvaient dormir que quelques heures plus tard, ou bien encore châtiés pour avoir fait autrement que les ordres, l'intégralité du groupe orange pouvait aller se reposer. Cette façon de faire était bien trop dure, le combat interminable que menaient tous les futurs soldats et qui brûlait leur humanité n'était plus possible, du moins pour l'un d'eux qui en avait assez vu.
Numéro 2 rentra dans sa chambre comme tous ses confrères et attendit que quelqu'un ferme la porte derrière lui. Il eut encore la force de se baisser et s'allonger sur son matelas. Il regarda au plafond, sur lequel un miroir était disposé pour voir toutes les horreurs que les supérieurs avaient pu lui faire. Bien sûr la lumière était tellement faible qu'il était difficile de différencier les bleus des coupures.
— Ce ne serait pas bientôt mon anniversaire ? Se dit-il en plissant les yeux.
Et à cet instant un grand claquement vint de la porte. TOC-TOC-TOC. Une main lourde et assurée. C'était un chef à coup sûr, impossible d'avoir un son comme celui-ci sans gants renforcés. Numéro 2 devenait très fort pour reconnaître les sons, et c'est peut-être ce qui l'avait amené jusque-là où il était. Une petite seconde plus tard, un des supérieurs entra dans la chambre, sans se précipiter. Il laissa la porte entrouverte derrière lui pour faire un brin de lumière en plus. Il regarda l'homme allongé sur son lit fait d'un tapis en mousse et inspira longuement. Un grand masque, un sourire jaune qui

scintillait dans la pénombre et une immense capuche qui cachait son visage. Pas de doute, il n'y en avait qu'un comme lui.

— Bonsoir, second. C'est ton anniversaire aujourd'hui. J'ai entendu que tu t'étais coupé le doigt. Dommage pour un combattant de ton calibre. Alors, dis-moi, quelle faveur veux-tu cette année ? demanda le Maître.

— J'aimerais parler avec le Khan du groupe orange, s'il vous plaît. Répliqua le second, sans hésitation.

— Comme toujours. Soit, je te donnerais une demi-heure avec lui, profites-en bien. Tu aurais peut-être mieux fait de demander une chemise.

— Merci Maître, dit Numéro 2.

Il savait qu'il valait mieux ne surtout pas répondre autre chose que le nécessaire. Sa décision était prise, et il allait abandonner une chemise ou un autre confort contre une discussion avec son Khan. Le Maître des lieux ne resta pas plus longtemps et tira derrière lui la porte de la chambre en sortant. Il murmura quand même quelques mots en signe de respect pour ce jour.

— Bonne nuit, second. Tâche d'être acharné à nouveau cette année.

Et ainsi la porte se referma pour un moment. Quelqu'un d'autre vint la pousser, et comme escompté, c'était le Khan du groupe. Le Maître avait tenu parole. L'invité fit un pas en avant et la porte se referma aussitôt, avant que l'on entende le son du verrou.

Numéro 2 se leva aussitôt et prit l'autre dans ses bras.

— Mon frère... Tu m'as tellement manqué. Dit-il.

À cet instant, un soulagement dans leurs muscles se fit sentir, les deux personnages qui ne possédaient plus rien devinrent riches de sentiments. Les deux étaient si heureux de se revoir seuls qu'ils en oublièrent le cube métallique dans lequel ils se trouvaient.

— Deux fois par an, c'est bien trop peu. Tu m'as beaucoup manqué aussi.

Les deux frères se regardèrent de haut en bas, une fois, puis deux. Ils étaient fiers l'un de l'autre. Encore une fois ils avaient survécu ensemble aux tortures et aux épreuves.

— Je suis désolé pour ton doigt, dit le Khan.
— Ne sois pas bête, tu n'y es pour rien. Désolé pour ton visage, j'aurais dû taper moins fort.

Comme à chaque rencontre, les deux garçons préféraient oublier leur vie misérable dans ce taudis, mais ce n'était presque que leur seul sujet de conversation. Cette fois-ci, Numéro 2 avait une idée en tête, et il n'allait pas tarder à la partager avec la seule personne en laquelle il avait confiance. Il s'assit sur son lit et proposa au Khan de faire de même. Lorsqu'ils furent installés, il prit la parole en gardant le volume assez bas pour ne pas être écouté.

— J'ai bien réfléchi. Cela fait des années que notre calvaire dure, nous avons survécu jusqu'ici, mais qui sait jusqu'à quand nous pourrons tenir. Il faut trouver un moyen de s'échapper de cet endroit et de partir le plus loin possible ! c'est ça où nous allons mourir avant même d'atteindre le premier rang du groupe jaune.
— Tu ne te rends pas compte de ce que tu dis ! Répondit son frère rapidement en regardant autour de lui. Regarde, un simple écart de comportement t'a fait perdre une partie de ton doigt. Que crois-tu que les chefs feront s'ils savent que tu es parti ? Ou simplement s'ils apprennent que tu veux t'échapper ?

La volonté de partir du plus jeune était désormais bien ancrée dans son esprit, et les mots de son frère ne le firent pas changer d'avis.

— Je n'ai pas peur de mourir, et toi non plus, je le sais ! continua Numéro 2. Si nous mourons en tentant de partir, nous aurons essayé, mais si nous réussissons, ce sera la liberté pour toi et moi.

Le Khan s'arrêta un instant et médita ces paroles. L'offre était alléchante, il ne pouvait pas rêver mieux que de se faire la belle, et ne suivre les ordres de personne. Cependant cela était plus facile à dire qu'à faire. Toute leur vie avait été bâtie sur l'audace face à la mort, l'assurance dans le danger. Cependant, les chefs de l'établissement avaient dompté l'esprit de leurs sous-fifres en leur inculquant une peur de la hiérarchie. Les soldats devaient suivre les règles, et l'endurcissement de leur cœur évitait à ceux-là de discuter les ordres et s'imaginer une quelconque escapade hors des murs. C'était aussi une des raisons pour lesquelles la discussion entre soldats était interdite en dehors de quelques demandes exceptionnelles.

— Il reste quand même l'option que tu ne veux pas choisir. Répondit l'invité au numéro 2. Je sais que tu es assez puissant pour devenir l'un des chefs. Pourquoi ne donnerais-tu pas tout ce que tu as pour devenir le vingt-et-unième capitaine ?

— Attends une seconde, tu veux dire que tu me crois capable d'être finaliste du groupe jaune et passer au rang de chef ? Je ne sais pas si tu te rends bien compte à quel point le groupe du Maître est surpuissant, et c'est d'ailleurs pour ça que personne ne souhaite y aller à moins de vouloir y mourir. Il est le pire chef et tu le sais aussi bien que moi. Il est cruel et terrifiant. Alors très peu pour moi, je préfère rester dans ce groupe à me couper les phalanges une par une.

Chacun marquait des points pour décrire sa vision des choses. L'option de s'évader était tout aussi audacieuse que de tenir bon jusqu'à sortir vainqueur de tous les groupes. Il n'y avait ni bon ni mauvais choix.

— Bien. Dit le Khan. Alors je suppose que tu as un plan pour nous sortir de là alors ? Comment comptes-tu t'y prendre pour faire sortir deux personnes en une seule fois ?

— Oui, j'ai un plan. Répondit l'autre. Il baissa encore d'un ton et s'approcha de son frère pour lui dire :

— Nous allons tuer un des chefs et prendre sa place dans son armure.

— Ça ne va pas la tête ? On n'est pas de taille ! Et comment va-t-on faire pour masquer une personne en moins ensuite ? Parce que tuer le

chef c'est bien, mais il manquera une personne dans le groupe ! Oh là, ce n'est pas bon du tout, on sera torturé jusqu'à la fin de nos jours.
— Je sais, c'est pour ça qu'à ce moment, il faudra faire très vite ! Une fois que le premier sera tombé, toi le Khan tu suivras mes instructions. Pour l'instant je ne peux pas t'en dire plus parce qu'ils remarqueront que tu agis différemment.
— Ils vont bien remarquer que j'ai dans la tête de tuer un des chefs de notre groupe tu ne crois pas ?
— Au contraire, ils savent que nous les détestons plus que tout, ça ne changera rien par rapport à d'habitude. Mais si je te donne les endroits à examiner et les armes à prendre, ils le remarqueront à coup sûr. Fais-moi confiance, mais surtout il faut que tu sois patient, je vais laisser mûrir l'idée dans ta tête pour savoir si tu veux vraiment me suivre ou non. J'ai tellement envie de voir le monde, contempler en vrai les paysages des images qui sont dans nos vieux livres.
Le plus haut gradé des deux ne connaissait pas vraiment les lourds châtiments des chefs, car il avait toujours été doué pour suivre les instructions à la lettre. Par conséquent il n'avait pas très envie d'y goûter, et encore moins après une trahison de cette ampleur. Il ne répondit rien et continua de penser à ce plan. Quelques instants plus tard, les deux hommes changèrent de sujet et se mirent à parler des entrainements, à la façon avec laquelle chacun pouvait améliorer ses mouvements pour les fois prochaines. Un échange basique, mais le combat était la seule chose qu'ils connaissaient vraiment tous les deux. La discussion eut une fin. La demi-heure qui leur était offerte fut terminée et la grosse porte métallique s'ouvrit de nouveau pour laisser passer le Khan, afin qu'il rejoigne ses appartements. Sans dire un mot, il reprit l'expression déterminée d'un soldat. Numéro 2 se rallongea dans son lit et regarda au travers du miroir, pour y apercevoir une personne qui commençait à retrouver une flamme au fond de lui. Combien d'effort allait-il encore faire pour garder son sang-froid ?

Combien de coups allait-il encore pouvoir endurer avant d'éclater ? Comment avait-il tenu jusque-là sans mourir ? Lui-même ne le savait pas. Chaque jour était une épreuve. Mais ce robot enfermé dans une cellule, bientôt homme par n'importe quel moyen, se tenait prêt à affronter les futures épreuves avec un moral d'acier.

De l'autre côté de l'établissement étaient disposés des bureaux dans lesquels les chefs pouvaient travailler et se reposer. Dans le plus loin d'entre eux on pouvait entendre une discussion qui n'avait pas été entendue depuis longtemps.
— Oh Myriarque… Combien de temps cela fait-il ? demanda le chef au sourire jaune.
— Une vingtaine d'années Maître. Je n'ai pas compté tous les jours, mais nous avons déjà quelques tests à notre effigie.
— Des tests oui… Jamais de résultat. Lorsqu'une étincelle s'agite, nous soufflons dessus au lieu de la faire jaillir. Qu'est-ce que nous faisons différemment qui ne marche pas ?
— Ne doutez pas de nos méthodes ! Elles se basent sur les études des meilleurs chercheurs du monde, les chiffres ne mentent pas.
— Mais combien de temps ont-ils attendu pour développer leurs synthèses ? Comment ne sont-ils pas morts d'ennui avant d'obtenir leurs résultats ?
— La guerre fait rage dehors, on les a surement poussés à agir, mais grâce à eux nous faisons notre possible pour gagner la guerre.
— Tu as raison, la guerre… Ne crois-tu pas qu'à nous deux nous aurions pu en finir avec ça ? Depuis le temps que nous sommes ici à glaner, nous aurions pu établir d'autres campements et prendre l'avantage sur les Siniliens ? Au lieu de cela, nous restons les bras croisés en attendant que Gaia elle-même nous sorte un autre miracle prêt à aider la cause Caleiene.

— Peut-être. Personne ne peut savoir si nous aurions pris l'avantage en combattant. Mais nous jouons aussi la sureté en restant ici, et cela nous permettra d'obtenir d'autres avantages plutôt que d'aller dans le combat nous-même.

— En espérant que cela arrive. Répondit le Maître en se levant. Les choses traînent trop, je n'ai pas envie de passer ma vie ici. Il faut reprendre un rythme soutenu. Je vais faire en sorte que le groupe jaune sorte de l'ordinaire et nous gagnerons la guerre.

Chapitre 3 : Patience

La journée exceptionnelle qui venait de se dérouler était terminée. Numéro 2 allait devoir attendre au moins six mois avant la prochaine entrevue avec son frère. Le réveil fut aussi dur que la veille, comme à son habitude, le chef responsable du groupe n'y alla pas avec le dos de la cuillère. Les soldats habitués à ce traitement ne disaient encore rien et le suivirent pour endurer tous les exercices physiques et moraux de la journée. Ils firent ainsi pendant des jours et des semaines interminables sans que les habitudes soient changées. Chaque jour, les chefs des groupes trouvaient des moyens de torturer leurs soldats différemment pour leur plus grand plaisir.

Le mois allait bientôt se terminer et comme à chaque fois, c'était l'occasion de réunir tous les groupes de couleur entre eux, et de faire un évènement qui divertissait les chefs. Chaque supérieur commença alors par chercher ses sous-fifres, et les amena ensuite dans une grande salle, cette fois-ci assez bien éclairée. Les cinquante personnages et les vingt chefs qui les supervisaient étaient tous présents dans la salle et le départ du jeu mensuel fut annoncé. Puisque le Maître au sourire jaune était lui aussi de la partie, il n'y avait aucun bruit, pas un seul grincement de parquet métallique ou de mouche qui volait. Il se leva et regarda tous les soldats répartis en groupes de dix, tous en rangs parfaits, les jambes droites, parfois cassées, le regard fixe vers l'avant, parfois borgne.

— Alors ? Qu'est-ce qu'on fait aujourd'hui ? demanda le Maître d'un air plutôt agréable. N'ayez pas peur, répondez !

Toute la populace en face du personnage ne répondait pas. Ils étaient d'une part, entrainés à se taire, mais ils connaissaient aussi sa cruauté sans limites. Lorsque le Maître passait dans les rangs des guerriers, il leur flanquait la chair de poule sans même leur parler ou les toucher. Le dos des soldats complètement ravagé par les coups, et d'ordinaire insensible à toute sensation, ressentait quand même les frissons qui les transperçaient jusqu'aux os. Le Maître était intimidant et imposant, c'était l'incarnation du mal.

— Bien, Numéro 6 ! Continua-t-il en regardant la couleur jaune qui était sous sa garde. Qu'est-ce qu'on fait comme exercice aujourd'hui ? Tout le monde joue ou bien on fait des petits groupes ?

L'homme ne répondit pas et il y eut un grand silence dans toute la salle le temps de quelques secondes. Ce n'était pas que le personnage ne désirait pas répondre à son supérieur, mais il était muet. Étonnement il ne l'était pas avant d'entrer dans le groupe jaune. Son impossibilité de parler n'empêcha pas le chef au sourire jaune de s'avancer vers lui, attendant une réponse.

— Pas de réponse ? Rien du tout ? Tant pis.

Et en un instant le Maître tira une lame d'un fourreau sur sa gauche et trancha l'homme en face de lui avec une immense force. Si bien qu'il coupa en deux le personnage sans voix. Une giclée de sang éclaboussa les camarades du groupe jaune, non choqué, prêts à subir le même sort si cela pouvait plaire au Maître. Tout le monde sentait l'atmosphère lourde et suffocante que créait le plus haut gradé de tous. Cela n'allait surement pas aller en s'améliorant, car les jeux n'étaient pas encore passés. Chaque soldat hormis ceux du groupe jaune craignait l'inventivité du Maître. Ils avaient déjà parcouru un long chemin, et cela aurait été du gâchis de mourir pour rien.

— Voilà, ça faisait un sacré bout de temps qu'on n'avait pas eu de perte. Un poste est à pourvoir dans mon équipe. Quelqu'un veut prendre la place ? Demanda-t-il en s'adressant au reste des guerriers.

Évidemment, personne n'osa prononcer un mot, le croiser du regard ou respirer trop fort, de peur de le mettre de travers.

— Vous n'êtes vraiment pas réactifs, c'est pourtant ce que vous allez devoir être dans mon groupe ! Khan du groupe orange, avance-toi ! Le

personnage exécuta sur le champ sans se poser de question et fit un pas en avant pour se présenter au Maître.
— Veux-tu faire partie de mon équipe ? C'est une belle promotion que je te propose là, fais ton choix et vite.
Sa réponse fut aussi rapide qu'elle était logique : — Oui, Maître !
— Eh bien c'est décidé, tu seras le numéro 10 de mon groupe. Cela veut dire que tous les guerriers de rang inférieur à celui de l'ex numéro 6 du groupe jaune sont promus. Félicitations à tous. En attendant, il nous faut trouver un nouveau dernier pour l'équipe rouge. Ce sera votre mission Décadarque. Mettez quelqu'un digne de ce nom dans notre établissement.

Il se tourna vers les chefs qui attendaient les instructions, et leur fit signe de déguerpir d'un petit geste de la main. Et aussitôt ils rappelèrent leur groupe respectif pour les emmener dans leur chambre. Numéro 2 tourna les yeux vers son frère qui fit de même pour lui. Un bref instant de vide résonna dans leur tête. Ils savaient tous les deux que le plan d'évasion établi quelques semaines plus tôt n'allait plus être aussi simple. Comment allait-il s'en sortir avec son frère, sachant qu'ils n'allaient pas se revoir, en dehors des réunions générales ? Numéro 2 comprit très vite qu'ils allaient tous les deux suivre un chemin différent pour sortir de l'établissement. Ainsi, chaque groupe continua son voyage interminable entre les murs sombres de l'établissement de métal, aussi triste que d'habitude.

Le Khan venant de perdre son titre pour rejoindre la fratrie de couleur jaune ne savait pas si cette promotion était une bonne chose ou non. Ce qui était sûr, son calvaire dans l'établissement n'était pas terminé. Quoiqu'un peu gratifiant d'avoir un rang plus élevé, il avait sur le cœur d'avoir perdu un confrère qui s'était fait ôter la vie injustement, et d'avoir pris sa place. Une petite seconde avec cette pensée le replongea dans ses souvenirs et il repensa à tous les visages des soldats qui avaient subi le même sort et lui avaient permis d'arriver là où il en était. L'injustice qui régnait dans cet enfer venait de déterminer le numéro 10 à sortir d'ici au plus vite.

Aussitôt arrivés dans une salle spécialement conçue pour le groupe jaune, et vraiment bien éclairée, les guerriers s'arrêtèrent, se mirent bien en ligne devant le Maître et attendirent les instructions. Le petit nouveau du groupe fit comme les autres et s'adapta très vite.

—OK ! On n'a rien fait avec les autres aujourd'hui, c'est bien dommage, on aurait pu en faire souffrir quelques-uns, vous ne croyez pas ?

La question n'attendait évidemment pas de réponse. Il reprit :

— Alors je suis désolé mon petit Numéro 10, tu es nouveau aujourd'hui et cela va te donner droit à un bizutage ! C'est d'ailleurs pour ça qu'on n'a pas continué nos jeux là-bas. Bref. Commençons.

Le ton extrêmement joyeux du Maître n'était pas rassurant du tout pour le cadet de l'équipe, il en était conscient.

— Déshabille-toi, mais garde quelque chose pour couvrir tes parties, je ne suis pas aussi détraqué que tu le penses ! Ensuite, va te mettre près du poteau au fond là-bas, et attends.

L'homme préparé au pire fit ce qui lui était indiqué, sans même attendre un second appel. Ce fut rapide, car lui non plus n'avait jamais demandé de vêtement lors de son occasion annuelle. Il enleva son pantalon, et partit donc pour un poteau de bois au fond de la salle. La lumière était vive dans cette pièce, car cela permettait au Maître de bien observer les plaies et blessures. Heureusement que le grand personnage au sourire l'avait prévenu qu'il n'était pas détraqué.

— Allez-y vous autres, vous connaissez la musique ! dit-il en claquant une fois des doigts.

Aussitôt agis, les neuf autres guerriers commencèrent à attraper des cordelettes, très fines, rien qui avait l'air très coriace, et ils attachèrent le nouveau aux poteaux en forme de X. Par contre quelque chose frappait le numéro 10 qui tenait sa tête droite, jetant quelques coups

d'œil à ses nouveaux camarades. Tous avaient des traits tirés au niveau de la bouche, on aurait presque dit des sourires. Étaient-ils en train d'apprécier ça ? Ou étaient-ils juste fous ? Numéro 10 se ressaisit et pensa que cela venait de son imagination. L'homme fut fini d'attaché et les autres partirent attraper des sabres de bois assez fins. Des bâtons qui avaient l'air assez inoffensif comme le reste de la pièce. Mais on vit très vite le Khan de cette équipe s'avancer avec un grand sourire sur le visage, courir vers l'homme attaché et lui envoyer un immense coup dans les abdominaux. Les yeux du pauvre homme attaché s'ouvrirent aussitôt extrêmement grands. Il eut l'impression que ses boyaux et tous ses autres organes furent déplacés d'une dizaine de centimètres, aux quatre coins de son corps. La douleur était insupportable. Bien qu'il serrât les dents pour ne pas crier, il ne put s'empêcher de garder les yeux grands ouverts, et de faire sortir les veines de son visage. Il eut un regard vers le Maître qui observait ça, son sourire avait l'air définitivement plus effrayant.
— Ah oui tu ne connais pas ça ! Désolé, je vais t'expliquer ça tout de suite. Le matériel que nous avons ici est d'un niveau exceptionnel en termes de qualité. Presque tout l'argent que nous avons va dans la recherche de nouvelles armes et armures et il n'y a que ce groupe qui a le droit d'en connaître les effets. Pour récompenser les bons guerriers en quelque sorte. Alors jusque-là tu n'as dû te contenter que de vulgaires armes de base, mais ça va changer ne t'en fait pas. Bienvenue chez nous ! s'écria-t-il en ouvrant les bras, les paumes vers le ciel. Tous les soldats du groupe continuèrent à donner des coups plus ou moins puissants sur le corps du petit nouveau. Les minutes qui suivirent furent si intenses pour Numéro 10 qu'il perdit conscience. À son réveil, ses membres tremblaient, mais il n'y avait pas de sang. Ses yeux vacillaient, mais n'avaient pas été touchés. Ses organes pouvaient parler, mais n'avaient pourtant pas de langue. Que pouvaient bien être les armes de torture que possédaient ces monstres ? Impossible de

déterminer si le réel était réel, difficile de savoir si la douleur était à un endroit ou ailleurs, et compliqué de penser qu'il allait sortir d'ici vivant.

— Allez, allez, ça va, prends quelques instants pour respirer ! Dit le Maître des lieux. N'est-ce pas merveilleux de se sentir aussi vivant, tu ne trouves pas ? continua-t-il en tournant autour des dix personnages. Bien, laisse-moi juste t'expliquer le concept en quelques instants et après on reprend, parce que l'échauffement c'est sympa, mais on est assez pressés dans notre branche.

Il inspira grandement, attrapa l'épée d'un des guerriers et reprit : — Tu vois, sur ces bâtons, on a réussi à placer des petites griffes de « Vedro », un ver du désert. Ces griffes sont si fines que si tu n'y prêtes pas vraiment attention, tu ne les verras jamais.

À cet instant, il tendit l'épée auprès du visage du numéro 10, et attendit qu'il observe bien l'objet. Malheureusement, il n'y voyait presque plus et avait un œil qui clignait nerveusement. L'homme dut se concentrer pour voir les griffes et par la même occasion ne pas décevoir le Maître.

— Voilà, alors ces petites griffes sont super-sympas, elles permettent de faire une répulsion du sang. Ça veut dire que quand je l'approche doucement de ton cœur (ce qu'il fit) tu dois ressentir une gêne, car le sang met quelques instants de plus à circuler. Alors tu comprendras que lorsqu'on te donne un coup très violent, la répulsion est très efficace et fait bouger, puis revenir à sa place, tout ce qui contient du sang ! C'est pas génial ça ? Finit le chef d'un air joyeux.

L'autre homme, en sueur, tremblotant et sourd d'à peu près tout, releva la tête bien droite, prit quelques grandes inspirations et fit face à la douleur. Les années d'« entraînement » endurées auparavant avaient endurci le corps du maltraité. Du moins, assez pour satisfaire quelques instants l'espoir d'un chef sadique.

— Super ! J'imagine que c'est la revanche alors. Les enfants, au boulot !
Dit le Maître en jetant l'épée au guerrier auquel il l'avait emprunté.
Ce fut reparti pour une série de coups plus ou moins forts qui
balancèrent le pauvre homme entre la transe et la mort. Étonnement
cela n'allait jamais complètement jusqu'au deuxième cas. À croire que
quelqu'un derrière lui le maintenait en vie pour le voir souffrir.
Cela importait peu, il priait seulement que cela s'arrête le plus vite
possible. Il n'avait plus l'esprit à combattre, s'il fut possible qu'il en
ait encore un. La journée n'était plus interminable, puisqu'elle
n'existait plus. Une quelconque notion de temps était définitivement
détruite dans ce groupe de personnes. Les coups des guerriers, les
sourires et le sarcasme du Maître ne cessèrent pas. Ce fut sans fin.

Chapitre 4 : Une question de couleur

Le nouveau Khan de l'équipe orange avait une détermination à toute épreuve. Il venait de rentrer dans sa chambre et pouvait contempler son miroir. Il n'arrêtait pas de penser à l'idée de s'évader de cet endroit et par la même occasion, récupérer son frère. D'ailleurs pour lui rappeler son nouveau titre, une personne ouvrit le verrou de sa porte et entra. Les chefs responsables de leur groupe avaient pour mission de changer les numéros sur le cou de chacun, lors des promotions. Pour cette promotion globale, les chefs allaient tous devoir se mettre au travail pour une fois.

C'est donc le chef orange numéro 1 qui entra dans la chambre du nouveau major de la couleur. Il enleva son gant et mit la main à sa ceinture, sans rien dire, pour attraper une petite fiole qu'il ouvrit aussitôt. Le Khan approcha son cou, il connaissait la chanson. Une fois le produit appliqué sur le cou, une brûlure intense se fit sentir, mais rien de très douloureux pour un guerrier tel que lui. Cinq petites secondes de patience, et le « tatouage » avait disparu, un nouveau pouvait être appliqué. Le chef trempa son index dans une crème orange, toujours accroché à sa ceinture dans un petit pot. Il apposa son doigt sur le cou du jeune homme pour faire un trait aussi droit qu'un I et indiquer son nouveau grade. C'était aussi douloureux que le liquide précédent. Le chef qui avait le doigt complètement orange ne bronchait pas non plus, il gardait toute l'année ces couleurs sur les doigts. Est-ce qu'il aimait ça ? Ou montrait-il simplement son esprit de guerrier ? Après tout, il avait dû endurer encore plus de souffrance que le Khan en face de lui.

— Tâche de ne pas faire trop d'écart de comportement, on te gardera à l'œil. Même si on tient à garder les numéros 1 en forme, ça n'empêche pas quelques baffes de se perdre, tu comprends ?

Après un petit regard qui passa entre les deux personnages, la personne masquée se releva et partit de la chambre en prenant soin de fermer derrière lui la grosse porte de métal. Quel horrible claquement, insupportable ! Depuis qu'il avait décrété qu'il voulait partir, les sons, les combats et la vue de cet établissement médiocre étaient plus perturbants que jamais pour l'esprit du Khan.
— Comment fait-on maintenant ? Tu t'es mis dans de beaux draps. Se disait-il en pensant à son frère.
La situation bien plus complexe que lorsqu'il avait parlé de son plan avec son frère n'allait pas empêcher le Khan d'imaginer un moyen d'aller le chercher et l'emmener avec lui loin d'ici. Sans plus y réfléchir, il partit dans son sommeil trouver du réconfort en lui-même. La nuit fut paisible, il avait la chance de ne faire des cauchemars que les trois quarts du temps. Dans un bâtiment comme celui-ci, les moyens mis en œuvre pour briser les soldats étaient aussi bien physiques que psychologiques. Il n'était donc pas anormal de trouver des personnes qui désiraient autant être éveillées dans leur chambre, plutôt que d'être torturés pour la deuxième fois de la journée. Il ne fallut pas plus d'une minute au Khan pour s'endormir, il fut attrapé par la fatigue des jours précédents, et sombra dans son sommeil. Le réveil arriva presque aussi vite pour lui, mais cette fois, pas de grands coups dans les côtes, de seau d'eau gelée sur la figure, ni même de pic lui traversant la peau. Simplement, trois coups sur la porte, et le déverrouillage de celle-ci.
— Aller, debout Khan ! On t'attend pour continuer. Lui dit le chef de ce jour.
C'était très étrange de ne pas être brusqué au premier clignement des yeux. Même si l'homme avait déjà été nommé Khan auparavant, il ne l'avait jamais autant ressenti. C'était comme un petit réconfort de se savoir un peu moins vulnérable que les autres.

Ce fut tout de même la routine et il suivit son chef pour s'entrainer lui et son groupe. Comme l'avait fait précédemment son frère, c'était désormais à lui de se tenir en face des neuf autres membres de la couleur orange et de mener la danse. Il exécuta les ordres sans broncher, sans même faire d'écart d'attitude, et cela se voyait bien de l'extérieur. Les chefs au fil des jours ne l'abrutissaient plus avec des coups sur la figure, et au fur et à mesure qu'il récupérait de ses couleurs naturelles, l'homme suivait de mieux en mieux les instructions. Des semaines passèrent. Banales, sans saveur, mais sans douleur. Et puisque les blessures s'atténuaient, elles donnaient un sentiment de peur au personnage d'en subir de nouvelles lorsqu'il voyait ce que ses confrères pouvaient supporter. Finalement, il allait peut-être attendre un peu avant de partir, qui sait, peut-être qu'un jour il deviendrait chef lui aussi ? Ce n'était qu'une question de temps et de comportement. Ce n'était pas un gros problème de se comporter normalement et de faire de la lèche à ses supérieurs.

Après un mois à garder un comportement exemplaire, ce fut le moment de rassembler les groupes de couleur pour l'entrainement collectif mensuel. Le Khan du groupe orange était presque content de cet évènement. Ce qui le motivait le plus, c'était de revoir celui qu'il connaissait depuis toujours. Les chefs respectifs à leur couleur allèrent donc chercher chaque soldat dans leur cellule, et ce fut un brouhaha énorme dans le bâtiment. Les claquements des pieds en rythme sur le sol faisaient vibrer les épaisses parois métalliques des murs. L'heure était bientôt venue pour les deux frères de se revoir, et d'apercevoir les changements qui avaient pu se faire chez l'un et chez l'autre. Le Khan orange était de plus en plus impatient, à mesure qu'il avançait vers la grande salle. Il ne pouvait pas s'empêcher d'avoir un petit air satisfait. Ainsi tous les groupes se rassemblèrent et prirent une posture droite, en lignes avec des rangs impeccables, comme à chaque fois. Chacun à sa place, du plus puissant vers l'avant, au plus faible à l'arrière. Les

deux garçons n'avaient pas croisé leur regard et il était formellement interdit de tourner la tête lors de cet évènement. Comme tous les mois, le Maître prit la parole devant les guerriers et demanda que se déroulent des combats sans trop de blessés. Ainsi tous les apprentis combattants devaient combattre la personne qui leur était supérieure en grade, mais ils avaient le privilège de ne pas se faire trop casser. Il y avait assez de combats pour la journée c'était certain.
— Je vais enfin te revoir mon frère ! Se disait le Khan du groupe orange avec un petit sourire du bout des lèvres, rien qui pouvait se voir aux yeux des autres.
Les combats commençaient, et finissaient sans problème, aucun blessé grave ne se fit le jour durant. La durée des combats dépendait du grade des deux, parfois rapide et parfois longue. Mais dès que l'on apercevait une nouvelle couleur, les combats se terminaient de nouveau rapidement. Certaines personnes arrivaient à terminer leur combat dans la première minute, d'autres devaient s'atteler pendant bien plus longtemps, sous les regards intéressés des supérieurs. Ce fut bientôt au tour du Khan orange de se battre avec son second. Il connaissait le personnage puisqu'il s'était déjà entrainé avec lui pendant de longs mois auparavant et ne devait rien avoir à craindre de lui. Ce fut à leur tour de venir se présenter devant tout le monde, les pieds nus sur le sol gelé, et le torse sans chemise. Les deux personnages se saluèrent et eurent une posture de combat normal avant de démarrer.
Le plus faible des deux fut le premier à avancer, et une fois rapproché à bonne distance, il donna un premier coup de poing vers le centre du visage du Khan. Celui-ci l'esquiva sans problème et aperçut la jambe s'avancer vers lui avec force. Parfaitement bien envoyé, mais le plus haut gradé des deux balança aussitôt de toutes ses forces son poing sur le côté du genou qui arrivait. Il frappa de son pied droit l'autre genou pour briser l'équilibre de son ennemi.

Aussitôt, l'autre fit deux pas en arrière avec la douleur fulgurante qu'il venait de subir. Il ne pouvait plus s'appuyer sur sa jambe gauche sans se faire mal, il choisit tout de même la douleur plutôt que de sautiller, pour avoir une chance de gagner.

Le premier ne fit pas plus durer le combat et s'avança pour envoyer quelques coups assez rapides en hauteur que l'adversaire esquiva sans problème, mais détourna son attention. Il ramassa aussitôt un coup de pied surpuissant dans la jambe gauche qui le fit valser un instant dans les airs. Le Khan donna un coup de poing dans le plexus solaire de l'autre qui tomba à terre. Il ne se releva pas. Le Khan salua cette personne et resta sur le ring pour attendre la personne qu'il devait combattre. Son cœur commençait à battre la chamade, il n'avait qu'une envie, c'était de revoir son frère. Lorsque l'homme à terre fut dégagé, il y eut la place à laisser un autre combattant venir sur le terrain. Il n'y eut pas plus d'attente, on entendit les pas d'un des guerriers dans la salle. C'était le numéro 10 du groupe jaune. Le Khan qui allait lui faire face était trop excité pour se concentrer, il ne pouvait pas s'en empêcher, mais il gardait tout de même la tête droite, ne voulant pas montrer son impatience. À chaque pas que faisait le personnage se rapprochant de l'arène, le cœur de l'autre battait plus vite encore. Arriva le moment où l'apprenti guerrier marqué du numéro 10 atteint l'endroit, se plaça en face de son adversaire et le regarda dans les yeux.

— Mais… ?

Ce n'était pas la personne qu'il connaissait, et encore moins la personne qu'il voulait combattre. Qu'est-ce que cet homme faisait ici ? L'homme du groupe orange fixa pendant un court instant tous les détails du corps de son adversaire, mais ne trouva aucune similitude avec le frère qu'il avait connu. Était-ce lui ? Non, impossible, il en était certain au plus profond de lui.

Pas un instant supplémentaire ne lui fut donné pour tenter de trouver une explication, il fallait suivre les ordres et se battre à présent. Les deux personnages se saluèrent et prirent leur posture de combat habituelle. Le plus haut gradé avait, comme tous les autres de sa couleur, une espèce de petit sourire, mais encore trop infime pour qu'il soit perçu distinctement. Celui-ci fut le premier à avancer vers le Khan, la paume de ses mains vers lui.
Les pas des deux combattants étaient lents, trop lents. Ils étaient tous les deux sur leur garde, mais ne s'en défaisaient pas. La moindre erreur pouvait coûter la victoire. Ils tournaient l'un autour de l'autre, sans se presser, observant presque les mouvements de chaque muscle. En un instant, le numéro 10 se jeta sur son ennemi, envoyant le tranchant de sa main vers la nuque de l'autre. Après une esquive, il balança son poing vers sa droite, où se trouvait le Khan, puis ce fut l'enchaînement de coups. Une fois à gauche, une fois à droite, les jambes rebondissantes et flexibles. Il envoyait tellement de coups à la minute qu'il était impossible de tout esquiver. Le jeune de la couleur orange voulait surmontait cette épreuve et ne surtout pas perdre. Il prenait un coup sur trois environ, pas de plein fouet, mais cela l'affaiblissait un peu plus à chaque fois. Après une courte période d'échanges, les deux personnages reculèrent l'un de l'autre et reprirent une posture de combat normale. Le guerrier orange, plus fatigué que l'adversaire, respirait fort et brassait plus d'air. Tandis que l'autre était calme, toujours avec un visage provocateur, presque aussi flippant qu'insupportable. Cette fois-ci, ce fut le plus faible des deux qui entama les échanges. Il balança quelques coups de poing que son adversaire évita aisément. C'était au tour des jambes désormais, il tentait de donner de coup bas tendit qu'il balançait ses bras dans l'espoir de toucher l'ennemi à la figure, sans aucun succès. Il fut peiné de voir qu'il n'était pas de taille face à son adversaire. Aussitôt arrêté

pour penser, il intercepta un coup à la mâchoire ce qui le fit reculer de quelques pas.

Le numéro 10 lancé, continua de se ruer vers l'ennemi, se mettant lui aussi à jouer de ses pieds, tapant à l'intérieur des genoux pour le déstabiliser. Assez rapidement, le Khan fut envoyé au tapis et laissé tranquille, tandis que l'autre s'étira un peu le cou.

Une dizaine de secondes suffirent à relever l'homme qui ne voulait pas lâcher prise. Il en était certain, ce n'était pas son frère qui se trouvait en face de lui. Il reprit de nouveau en position de combat avec un visage un peu abîmé par les coups. On pouvait voir du sang tomber de sa bouche. Il le frotta et s'avança vers l'ennemi. Encore quelques échanges aux poings entre les deux hommes se déroulaient, tandis que les spectateurs sentaient l'émotion dans le combat. Chaque action retenait la respiration d'une partie des guerriers. Certains étaient si proches du visage du Khan, qu'on ne savait pas s'ils les encaissaient, ou s'il les esquivait partiellement. Ce n'était qu'une illusion de se dire que le soldat du groupe orange pouvait rivaliser avec l'autre car comme auparavant, il dégustait quelques coups par-ci par-là.

Le leader du groupe orange devenait essoufflé, il ne pouvait plus suivre la cadence de son ennemi et n'arrivait pas à voir concrètement les mouvements de ses jambes. Il prit deux grands coups de poing au visage, qui le firent tomber encore une fois. Après une faible hésitation à se relever, il s'énerva de sa défaite inévitable et dans un élan de rage il donna le meilleur de lui-même pour se relever et enchaîner quelques derniers coups. L'un d'eux fut efficace et toucha l'arcade de l'autre qui en fut surpris, il perdit aussitôt le rictus qu'il avait au coin de la bouche pour prendre un air bien plus menaçant.

— Vermine. Murmura-t-il entre ses dents.

Il glissa vers l'avant, pliant son genou, en esquivant le crochet droit qui lui arrivait dessus. Il poussa la main de son adversaire vers l'intérieur et décocha un coup descendant en plein dans les côtes de l'adversaire. Il enfonça son pied sur le sien, ce qui déstabilisa automatiquement le Khan qui tomba la tête au sol. L'autre pendant ce temps prit un appui sur le sol et envoya son autre jambe en l'air. Il l'envoya en pleine tête de l'homme à terre comme s'il frappait un ballon vers l'avant. Un grand bruit se fit entendre le temps d'une seconde dans toute la salle. D'où était venu le claquement ? Du pied ou bien du visage ? Impossible à dire pour les spectateurs.

Le Khan au bord de la perte de conscience voyait les taules de métal trembler. Il n'arrivait plus à bouger. La perte d'habitude de manger des coups n'avait pas aidé, mais cela n'était pas la raison pour laquelle il était devenu si faible... même si ses chefs lui auraient dit le contraire. Ce coup venait de le déstabiliser au plus haut point, et de lui casser le nez par la même occasion, d'où le claquement. Le Khan du groupe orange restait à l'agonie sur le sol.

— Aller debout. Annonça le deuxième combattant. Regarde-toi. Ta peau est propre, sa couleur est naturelle, qu'as-tu fait tout ce temps ? Tu ne cherches plus à sortir de cet endroit ? Je peux t'y aider, mais ce sera les deux pieds devant. Tu ne mérites pas de finir comme ton frère.

Sur ces paroles, le Khan perdit conscience un bref instant pour reprendre vie dans son corps et devenir fou de rage. Il ouvrit grand les yeux et se concentra pour retrouver une vue convenable. Il se laissait emporter par ses émotions. Petit à petit l'adrénaline montait en lui et bouillonnait, il ne pouvait plus se contenir.

— QU'AVEZ-VOUS FAIT DE LUI ?! Cria-t-il dans toute la salle.

Les chefs qui regardaient le Maître ne savaient pas quoi faire de l'homme après ces paroles. Il leur fit signe de la main de ne pas intervenir et leur dit d'un ton amusé :

— Encore un peu de temps.

Le Khan qui planta ses deux mains sur le sol pour se relever, sentit une petite force lui pousser entre les doigts. Elle n'était pas visible pour les personnes autour de la petite arène, mais lui pouvait la discerner tandis qu'elle traversait tout son corps au fur et à mesure que sa colère augmentait. Quelque chose venait de l'intérieur de son corps, une bête affamée qui venait d'être relâchée.

— QU'AS-TU FAIT DE LUI ? REPONDS-MOI. Continua-t-il, sentant sa voix plus forte et plus dense qu'auparavant.

Le guerrier numéro 10 à peine effrayé s'avança vers l'homme encore à genoux, craqua tous ses doigts d'un seul coup et se lança vers son adversaire. Il donna un premier coup dans les côtes, mais l'autre ne bougea pas. Le Khan leva la tête pour regarder son ennemi, et lui fit sentir une sueur froide dans le dos qui le terrorisa d'un coup.

Un regard aussi terrifiant que celui d'un démon venait fixer l'adversaire. Son frère. Où pouvait être son frère ?

Il attrapa le visage de l'homme de couleur jaune pour le flanquer sur le sol. Il le tira une première fois en l'air pour le renvoyer à nouveau. Le crâne craquela contre parois de métal du dessous. Cet homme était devenu un pantin. La rage ne fit que continuer et le Khan envoya ses poings un par un dans le ventre et les côtes de l'ennemi, sans s'arrêter. Gauche puis droit, gauche puis droit. Il était pris dans sa folie meurtrière et il était temps de prendre la vie de celui qui lui faisait affront. Dans un dernier élan de violence, il tendit sa main ouverte, vers le ciel, prêt à éclater le crâne de l'autre avec sa paume, mais il en fut différemment.

— Ça suffit.

Une voix venait d'arriver juste derrière le monstre qui avait remporté le combat. Avec cette voix s'accompagnait une main qui avait déjà attrapé celle du vainqueur pour la lui retenir. Aussitôt, les yeux du combattant se calmèrent, eurent un soupçon de tristesse, et revinrent aussi froids que ceux des soldats.

— Debout.

Le Khan du groupe orange exécuta et se leva sans faire d'histoire. Il se tint droit, regarda la personne qui était là pensant voir le Maître, mais

ce fut un frère. Celui qui venait de l'arrêter dans son élan n'était autre que la personne qu'il cherchait. Cependant le visage calme de celui-ci n'était pas bien réconfortant. L'homme du groupe jaune se pencha et dit :
— Regarde-toi. Tu as parfaitement récupéré ta forme physique. C'est bien. Mais où est passée ta rage ? Tu as abandonné l'idée de te battre pour partir d'ici d'un quelconque moyen ? Tu es pathétique mon frère. Je partirais sans toi.
Les yeux du pauvre Khan perdirent toute la confiance qu'il avait. Il n'arrivait plus à distinguer le vrai du faux, le bon du mauvais. Il venait de perdre l'ami qu'il avait toujours eu, le frère sur qui il pouvait toujours compter. Il jeta quand même un coup d'œil sur le cou de celui-ci, et vit un superbe I très bien dessiné. À cet instant il comprit que le temps qu'il avait passé à suivre les ordres, son frère l'avait passé à se surpasser et à défier toute concurrence.
Le Khan de l'équipe jaune lâcha le bras de l'autre, et partit se ranger dans les rangs avec ses pairs. Sur ce joli spectacle, le Maître se leva et frappa plusieurs fois dans ses mains pour applaudir. Il marcha un peu et dit :
— N'est-ce pas merveilleux des retrouvailles entre frères ? Je n'aurais pas rêvé mieux. Dommage que tout ait une fin. Toujours est-il que tu peux repartir pour ton groupe Khan, laisse mon numéro 10 en vie, même si je pourrais parfaitement t'accueillir à sa place. Maintenant, partez, tous. Restons sur une note positive et rentrons dans nos quartiers respectifs !
Il tapa deux fois dans ses mains et tout le monde s'éparpilla. Le soldat qui venait de mener à bien son combat se releva doucement, le regard vide. Il venait d'être surpassé par les émotions et ne se souvenait plus très bien de la scène. L'homme n'avait plus aucune douleur et ne savait pas où s'en aller. Le chef numéro 1 de l'équipe orange s'approcha pour lui tirer le bras, avant de lui indiquer le chemin.

Chapitre 5 : Un combat sans fin

Après avoir été secoué par l'évènement mensuel, le jeune Khan du groupe orange fut envoyé dans sa chambre, où il passa le reste de sa soirée à réfléchir. Sur son chemin de retour, il entendit au loin, deux chefs qui parlaient pourtant assez bas :
— Dommage que Numéro 2 était à son tour de garde, il a manqué quelque chose.
Ce qui s'était passé lors du combat avait été prémédité, les paroles et les actions de chacun avaient été trop parfaites pour qu'elles soient spontanées. C'est du moins ce que pensait le Khan. Il était démuni, seul face à son miroir, incapable de connaître la vérité sur quoi que ce soit, et obligé de croupir, le nez cassé, dans sa chambre de métal. Après toutes les interrogations qu'il eut, ce fut le plongeon pour une émotion familière, la colère. Il sentit le relent de son envie de s'échapper de cette prison, si bien qu'il en perdit un peu plus l'esprit. Abandonner ses sentiments d'incertitude pour de la colère n'était pas une bonne idée, mais c'était un sentiment qu'il avait cultivé depuis longtemps. C'est ainsi qu'il continua de ruminer dans son coin l'envie de tuer. Son frère ? Non il ne l'abandonnerait jamais et n'oserait lui faire du mal. Les chefs ? Surement, ils étaient tous aussi détraqués les uns que les autres. Son Maître ? Oui, à tout prix pour sortir d'ici.
De retour dans la vie normale, le Khan se réveilla tranquillement après trois frappes sur sa porte et suivit le capitaine masqué du jour avec le reste de l'équipe. Il ne voulait plus être le favori de son groupe et désirait plus que tout s'améliorer, devenir plus fort. Sa détermination le poussa pendant les entrainements suivants à se surpasser et à en faire baver à tous les soldats inférieurs à son rang. Les chefs quant à eux ne disaient pratiquement rien, ils ne touchaient pas

souvent au Khan de leur équipe et le laissaient par conséquent faire à peu près ce qu'il désirait.
Cela énervait Numéro 2 plus que tout, le fait qu'il ait des traitements de faveur le rendait à chaque fois un peu plus furieux. Il suivit tout de même les consignes les premiers jours d'entrainement, le temps que les chefs se relayent les uns après les autres. Et pendant ce roulement, la colère remplaçait l'amertume du Khan. Une bonne semaine plus tard, le premier du groupe de soldats décida d'agir différemment. Lors de la marche vers une salle d'entrainement, il fit exprès de poser ses pieds en désaccord avec les autres guerriers. Le son accablant d'une marche en désordre mit automatiquement le chef numéro 2 qui s'occupait d'eux en colère.
— Qu'est-ce qui ne va pas aujourd'hui Khan ? Tu boudes ? C'est une punition que tu veux ? Deux jours avec vous et j'en ai déjà marre !
Aucune réponse ne fut attendue et pourtant.
— C'est ça, une punition. Ça va faire du bien de changer un peu les habitudes. Répondit le Khan.
— À qui crois-tu parler ?
Et en disant cela, il décocha une droite au visage de l'homme. Il l'attrapa ensuite par le cou et l'envoya vers l'avant pour qu'il avance.
— Va, fais le malin, on verra qui va rigoler.
Effectivement, ce jour allait être rudement dur pour l'homme qui avait osé répondre à son chef. Il fut fouetté par ses camarades, et frappé par son supérieur à maintes reprises. Bien que les chefs se devaient de ne pas trop abîmer leur Khan, le châtiment fut largement justifié par la faute. Mais ce jour-là, le premier du groupe orange avait une rage à toute épreuve, et cette envie de meurtre l'aidait à calmer la douleur. Il endura tous les traitements de ce jour, sans plainte, sans détour du regard, sans peur d'affronter qui que ce soit. Il préférait la punition au traitement de faveur. Le chef remarqua bien le jeu auquel jouait son soldat, il testait les limites de son statut. Le chef se donnait

ainsi un malin plaisir à répondre à cette envie de souffrir qui appelait l'autre. Il ne fallut pas beaucoup plus de temps pour que le chef soit lassé de donner des coups sur cette seule et unique personne.

Il détacha alors le pauvre maltraité et lui ordonna de se battre contre tous ses pairs à mains nues. Il donna aux autres quelques armes. À certains des bâtons, d'autres des fouets, et parfois des lames assez tranchantes.

— Faites ce que vous voulez tant qu'il respire encore. Vous pouvez vous lâcher. Mais toi Khan, ne t'avise pas de casser un membre de ces hommes, ou bien c'est la fin.

Ayant ainsi parlé, le chef s'assit dans un siège et se tint prêt à regarder le spectacle. Le major du groupe de son côté était en très mauvaise posture, mais bouillonnait de rage. Il souffrait de par les coups subits et n'avait pas d'arme. En revanche il avait envie de se battre et n'attendait que ses pairs pour attaquer. Il sauta sur le plus faible d'entre eux, et lui enfonça son poing dans la figure pour récupérer le bâton qu'il possédait. Il se releva, se tint aussi droit qu'un piquet, en pointant son épée vers tous les autres combattants. Le vrai combat pouvait commencer. Non pas celui qu'il allait faire avec les personnes de son groupe, mais le combat pour se dompter lui-même puis terrasser quiconque ne le laisserait pas démolir ses supérieurs. Le regard du Khan transpirait tant de confiance et de fureur qu'il en devenait intimidant pour les autres.

Il fit tomber un par un les soldats. Et un par un le chef leur demandait de se relever et de riposter. Ainsi dura un combat entre quelques prisonniers torturés, et l'homme suppliant pour la liberté. Cela dura pendant un gros quart d'heure, et tout le monde était de plus en plus fatigué. Le deuxième chef qui en eut assez de voir le Khan sans nouvelles égratignures attrapa la grande cape qu'il avait sur le dos pour la retirer et la poser sur une table. Il garda son masque.

— Je suppose que c'est mon tour, alors jouons ensemble un moment.

Voilà où le Khan du groupe voulait en venir. Il ne pouvait pas voir les soldats des autres groupes tant qu'il n'était pas convié aux jeux mensuels, et le seul adversaire plus puissant que lui était l'homme chargé des soldats. Demander à combattre un adversaire plus fort était aisé, mais s'en sortir indemne était encore autre chose.
Le chef allait surement l'aider à devenir plus fort, mais à quel prix ?
— Alors on joue au guerrier ? Demanda le Khan insubordonné.
L'homme derrière son masque n'avait guère envie de rendre le personnage plus fort, mais plutôt de s'amuser avec lui. C'est pourquoi aussitôt en face de lui, avec sa tête et demie plus haute, le chef arrêta le premier coup de poing qu'il reçut et le rendit avec une force décuplée. Cette force était si grande que le Khan put sentir une immense vibration défiler dans son crâne lors de la collision. Il fut aussitôt éjecté à quelques mètres de son supérieur et eut un mal fou à rouvrir les yeux. Son chef aussi patient qu'un enfant devant son jouet favori se jeta encore sur lui pour lui envoyer un grand coup de pied dans le ventre, ce qui l'envoya contre le mur juste derrière lui.
— Relève-toi, relève-toi. Se disait-il.
Étrangement, les coups que prenait le guerrier étaient douloureux, mais surement pas autant que d'habitude. Le combat qu'il avait fait avec le dixième du groupe jaune l'avait changé c'était certains. C'est ainsi qu'avec détermination il encaissa des coups et des coups de la part du chef qui ne se retint plus. À croire qu'il voulait finalement la mort de l'autre homme. Dix minutes s'écoulèrent et le soldat était K.O. Il ne se relevait pas et n'avait plus de force pour regarder les alentours. Tandis que ses oreilles fonctionnaient encore, il pouvait entendre le souffle de son chef. Était-ce de la fatigue ? Il ne put pas avoir la réponse avant de s'évanouir. À son réveil, il était encore au sol. Il avait froid et mal partout, ses yeux étaient gonflés, il respirait très mal et n'arrivait à bouger que ses doigts de pieds. Après un effort

colossal pour tourner la tête, il aperçut une capuche, et deux traits orange.

— Bien dormi ? Super ! Alors on est de retour pour l'entrainement.

Et sans même lui laisser le choix, il attrapa le Khan par le bras et le traîna sur le sol avant de l'envoyer plus loin. Les plaques de métal étaient froides, presque gelées.

— Merde, je déteste les salles de gel. Se disait le Khan. C'en était presque sarcastique, il s'amusait de déguster tout ce temps.

Le guerrier connaissait déjà les épreuves qui se passaient dans les salles gelées, mais il ne voyait aucun autre soldat que lui aux alentours. Il allait donc devoir subir un traitement de faveur un peu particulier, encore une fois. Ce fut sans surprise qu'il se fit encore pourchasser par le chef qui ne voulait vraiment plus de lui en tant que sous-fifre. Le plus haut gradé des deux avait le droit à de superbes bottes avec des crampons qui lui permettaient de mieux marcher sur les plaques glissantes, et aussi de mieux marcher sur les pieds nus de son opposant. Le combat injuste qu'il menait avec le Khan pouvait continuer. L'autre à peine relevé n'arrivait toujours pas à parer un seul coup, quand il essayait, il n'avait pas la force d'arrêter l'action et se prenait quand même le coup. L'homme prisonnier ne pouvait que regarder sa mort approcher petit à petit. Les couleurs fades et peu éclairées des salles paraissaient de plus en plus passées, et donnaient un sentiment d'amertume dans le crâne du torturé. Cela dura encore un moment sans que celui-ci ne puisse y changer quoi que ce soit. Le Khan à moitié mort appréciait son ennemi bien qu'il le fasse trembler de douleur. Mais il lui donnait une raison de se battre, une raison de détester un peu plus la terre entière d'être venu au monde pour souffrir autant ! Et pourtant, il ne pouvait s'empêcher de penser qu'il sortirait vivant, qu'il connaîtrait le monde, et qu'il sauverait son frère de l'enfer.

Et c'est dans cet élan de motivation qu'il réussit à soulever son bras et mettre un grand coup de poing dans la jambe du chef ce qui le fit basculer sur le côté, mais pas tomber.
— C'était un coup au hasard ? Se demanda le Khan.
Le deuxième chef du groupe orange venait d'endurcir encore un peu plus le soldat qui semblait coriace. Il n'avait pas droit de vie ou de mort sur le Khan de son groupe, c'était la règle. L'homme au masque se redressa et prit quelques instants pour respirer avant de traîner le Khan hors de la salle gelée. Il dit aussitôt :
— Va manger, tu dois être affamé désormais, pars.
Évidemment après une série de torture comme celle-ci, le pauvre bougre affalé sur le sol n'allait pas se tirer d'ici tout seul alors qu'il était entre la vie et la mort. Le chef commença à partir sans faire d'histoire et se tourna encore une fois vers le Khan.
— Pars quand tu en auras la force, si tu ne meurs pas, on se reverra plus tard. Fais attention à toi d'ici là.
Et c'est avec un petit sourire que le combattant perdit conscience. Il n'y eut pas de cauchemar dans son évanouissement, mais quelques jolies images qu'il oublia dès son réveil. Son retour parmi les vivants fut aussi dur que de combattre. Ses muscles étaient froids, il avait mal partout, à la tête qui avait gonflé, à ses pieds devenus bleus, mal au ventre… il avait faim.
— Je suis encore en vie ? Quel calvaire, il faut que je rentre. Se disait-il calmement.
Avait-il vraiment l'esprit clair pour sentir la faim dans son état ? N'importe quel homme serait mort. Même le châtiment d'un Dieu ne serait pas si coriace envers un homme. Il ne s'attarda pas, plia les coudes et les genoux pour tenter de se relever, mais échoua remarquablement bien en renvoyant sa tête contre le sol. Cela ne l'arrêta pas pour autant, il recommença jusqu'à ce qu'il arrive à se tenir debout convenablement. Il était vivant, c'est ce qu'il se répétait

sans cesse pour pouvoir faire de simples mouvements articulaires et marcher. Il ne se sentait pas très bien, il avait l'impression que quelque chose l'épiait, tout proche. Il vérifia les alentours, mais continua sa marche. Après quelques pas vers l'avant il se plia encore une fois et vomit sans même avoir eu le temps d'y réfléchir. Il n'avait pourtant pas grand-chose dans le ventre.

— Moi qui croyais qu'on m'espionnait, c'était juste mon estomac en vrac. Se disait le jeune homme.

Et sans qu'il le voie, sans faire de bruit, une cape se retourna au loin dans le noir. Cette personne avait regardé les moindres faits et gestes du jeune homme à terre. De l'autre côté du couloir, quelqu'un marchait, surement un chef. La vitesse des pas que le Khan ne pouvait pas entendre indiquait que c'était une urgence. Plus il marchait et plus les pas accéléraient dans les couloirs, presque jusqu'à rendre la marche risible. Après quelques minutes ainsi, l'homme qui avait traversé le bâtiment dans sa longueur frappa à un bureau qu'il ouvrit aussitôt.

— Nous avons un problème. Le comportement du chef numéro 2 du groupe orange a dépassé la limite autorisée par nos lois. Dois-je faire quelque chose pour remédier à cela ?

— Qu'a-t-il fait ? Répondit la personne se trouvant dans le fauteuil du bureau.

— Il a presque tué le Khan de son groupe. Il l'a battu pendant un bon moment, le Khan était entre la vie et la mort.

— Il vit encore ?

— Oui.

— Alors, laissez-le pour le moment. Il a dû comprendre qu'il ne devait pas le tuer, c'est pourquoi il n'a pas fini le travail. Notre Khan s'en sera tiré surement un peu plus fort qu'il ne l'était avant. Si le chef recommence, préviens-moi.

— Bien Maître.

Après ce bref échange, le chef qui était venu dans le bureau repartit aussi vite qu'il était venu. Non seulement il avait peur de la réaction de son supérieur, mais il était effrayé par le personnage en lui-même. De son côté le Khan de l'équipe passa tout ce temps à tenter de rentrer dans ses appartements. Heureusement pour lui, il y avait une nette amélioration dans sa vue et il ne tarda pas à la sentir aussi au niveau de ses muscles et articulations. Quelques gros efforts physiques plus tard, il réussit enfin à marcher sans trembler comme une feuille. Il connaissait la route pour retourner dans sa chambre et emprunta d'autres couloirs sombres.

Après de longues minutes passées à errer, il prêta attention à chaque détail du bâtiment. Il avait tout le temps du monde pendant son voyage pour tourner la tête et regarder les alentours. C'était la première fois qu'il arpentait les couloirs tout seul. Bien que l'endroit ne fût pas éclairé, il pouvait y voir quelques gros boulons dépasser des intersections entre les plaques de métal qui constituaient les murs. Il était impossible de changer de pièce en essayant te tordre une paroi de mur. D'une part ils étaient trop épais, et en plus de ça, il n'y avait aucun jour qui permettait d'en agripper une partie avec les doigts. Le bâtiment était vieux, mais pas obsolète. Il y avait des traces de rouille, mais aucune de coups ou de griffure sur les murs, à croire que tous les anciens soldats avaient la détermination de rester dans cette prison. Il faisait froid. Un petit courant d'air passait d'une allée à l'autre, mais le personnage déjà bien amoché était trop mal en point pour sentir l'air le frotter. Il préférait regarder les murs et les tables disposées un peu partout dans les alentours. Il eut un petit sursaut en repensant à ses supérieurs.

— Où sont-ils tous ? S'ils me tombent dessus je suis mort.

Et c'est à ce moment qu'il se demanda ce que pouvaient faire les autres chefs de chaque groupe, lorsque l'un d'entre eux s'occupait des guerriers. Qu'est-ce qui pouvait bien les motiver à rester dans un endroit aussi lugubre ? La gloire ? Pas ici, il n'y avait pas de fierté à rester entre ces murs d'acier. La fierté ? Par obligation ? … Oui… Surement. Si les chefs étaient d'anciens soldats, ils avaient dû être bien dressés par le Maître pour qu'ils restent en place. Pas étonnant de voir les chefs se taire en face de leur supérieur, vu la cruauté et la folie du personnage. Ce guerrier, empereur de tous les autres présents dans le bâtiment, y compris les chefs… C'était lui qu'il fallait viser pour mener son plan à bien. Il fallait trouver un moyen de le tuer et de libérer tous les prisonniers. Mais comment l'atteindre ? Voilà une question qui méritait d'être réfléchie. Y avait-il seulement un moyen de le tuer ?

Dans les couloirs silencieux du bâtiment, le Khan finit par trouver les quartiers de son groupe, et s'y faufila sans plus attendre. Il trouva la première porte dans laquelle il devait loger, et l'ouvrit. Le guerrier exténué, couvert de bleus et de sang, s'allongea sur le lit en tombant dessus d'un seul coup. Il aperçut son repas sur le sol. Par chance quelqu'un lui avait laissé là. D'habitude, si l'on ne répondait pas, on ne mangeait pas. Mais cette fois, une bonne étoile avait décidé de le laisser prendre le repas. Cela ne lui paraissait pas étrange, sa fatigue l'avait tellement tiraillé et affamé qu'il n'y réfléchit pas une seconde et attrapa la cuillère pour engloutir son repas en un rien de temps. Il n'y avait rien à faire, c'était quand même dégoutant. La même nourriture tous les jours, une bouillie pleine de grumeaux, même les chiens rechigneraient à manger ça. Mais les chefs disaient qu'elle était pleine de bonnes choses, et que cela permettait d'être vaillant pour les combats, raison de plus pour en avaler si les combattants voulaient devenir plus forts et sortir d'ici vivants.

— Ce sont des idioties ! Se disait-il

Après ce repas avalé au lance-pierre, l'homme s'allongea dans son lit, regarda la personne dans son miroir le temps d'une seconde, et ferma les yeux pour partir dans son sommeil. Le jour suivant arriva aussi

vite qu'à chaque fois. Trois tapes sur la porte, le chef numéro un ouvrit la porte en disant :
— Debout, Khan ! On t'attend pour continuer.
Et aujourd'hui, le soldat sentait moins de rage en lui, le refroidissement de ses blessures l'avait quelque peu assommé. Il se leva normalement et alla derrière tous les autres combattants qui suivaient le chef, marchant avec eux en rythme. Comme un jour normal. Il suivit les instructions qui lui furent demandées, il entraina ses camarades et lui-même. L'homme à la capuche avait l'air un peu plus conciliant au vu des blessures apparentes du Khan. Celui-ci se perdait de plus en plus dans ses pensées, il n'arrivait plus à se sortir l'autre chef de la tête. Il donnait tout de même pas mal de sa personne dans les combats, car son désir de devenir plus fort était encore là.
Le chef ne lui reprochait rien, tout semblait normal pour lui. Le Khan était déterminé à attendre le retour de l'autre. Il voulait revoir le celui qui lui avait pourri la santé. Mais pourquoi ?
L'entrainement continua la journée durant, sans qu'il se fasse déranger par son supérieur. Il continua ainsi à faire ce qui lui était demandé sans créer de problème, en récupérant un peu de ses blessures. Les jours passèrent, désormais aussi vite qu'ils en étaient monotones. Le Khan voyait ses coéquipiers souffrir le martyre, mais lui s'en sortait plutôt bien, est-ce que les chefs se fichaient de lui ou l'avaient simplement oublié l'espace de quelques jours ?

Chapitre 6 : Le retour d'un chef.

Des jours durant, le Khan du groupe orange ne cessa de se donner au maximum pour devenir meilleur. Il sentait ses blessures guérir. Sa peau commençait à changer. Son corps de métal comprenait à quel point il devenait puissant. C'est pourquoi il ne fallait toujours pas faire de vagues avant de revoir un vieil ennemi.

Après une attente assez longue. Ce fut un changement de chef pour le groupe, et enfin, le numéro 2 des supérieurs refaisait surface, l'air de rien. Les soldats qui ne semblaient pas se rappeler de tous les évènements ne faisaient que suivre encore et encore les entrainements sans fin de celui-ci, comme d'habitude. Le Khan était attentif aux moindres faits et gestes du chef, qui semblait avoir tout oublié de la scène de l'autre fois, ou du moins il faisait semblant de ne pas se souvenir. Les entrainements commencèrent et le Khan vit que son chef avait tendance à se retirer, à ne pas trop en faire lorsque le sous-fifre agissait un tout petit peu différemment qu'indiqué. C'était donc vrai, la hiérarchie et les lois de l'établissement incluaient de ne pas tuer les Khans. Il était aussi possible que ce chef ne voulait pas se faire voir après le regrettable incident de la fois d'avant. Pour le moment, il fallait rester dans l'ombre, pour le Khan, et le chef. C'est ainsi qu'à la fin de sa journée d'entrainement, le soldat orange rentra dans sa cellule, regarda son miroir et se mit à réfléchir à un moyen concret de mettre son premier plan à exécution.

Le changement des chefs s'effectuait tous les deux jours. Cela laissait le temps de souffler si un guerrier maladroit voulait en faire baver un peu plus à un de ses supérieurs, sans risquer de se faire désintégrer sous les coups pendant une semaine. Le deuxième chef de l'équipe devait donc revenir sept jours plus tard. Ce qui laissait autant de temps au Khan pour récupérer et le défier encore

Le compte à rebours était lancé. Il n'y avait « plus qu'à » imaginer le déroulement des festivités. Puisque le jeune soldat était bon en observation, il repensa à chaque salle que les soldats avaient emprunté les jours précédents et comprit vite que les parcours des équipes se répétaient pour former un entrainement complet. Il ne lui restait plus qu'à choisir un endroit qui soit le plus loin possible des autres salles d'entrainement, donc forcément spéciales. Qu'est-ce qui dans sept ou huit jours pouvait correspondre ?

La salle de tir allait être utilisée avec le chef numéro 2, elle était assez loin de toutes les autres, mais elle était rocheuse. À quatre jours près, il aurait pu avoir la salle de tir au canon qui était la plus loin de toutes et dans laquelle il aurait pu marcher nu-pied sans problème, mais le sort en avait décidé ainsi. La nuit passa, mais l'homme ne put presque pas dormir. Un sentiment d'excitation ne le lâchait pas, il n'avait plus faim, plus froid, plus chaud, mais il bouillonnait quand même. Les pensées qu'il avait pour son plan d'évasion le travaillaient plus que tout et lui donnaient du fil à retordre. Les papillons dans son ventre ne cessaient de bouger et de le rendre de plus en plus heureux. Il possédait des émotions, mais n'avait pas l'air de s'en apercevoir.

Il continua ses entrainements sans rechigner, il avait envie de se battre, de montrer à tout le monde qu'il savait le faire. On pouvait presque apercevoir un sourire sur son visage, même si personne n'y prêtait attention. Les jours passèrent un par un, à rapidité constante, presque comme s'il était écrit quelque part la vitesse de croisière pour l'avènement du premier guerrier orange.

La date se rapprochait peu à peu et l'émerveillement du soldat pour sa fuite était à son paroxysme. Tout était écrit dans son esprit, il était prêt. Il savait que quelque chose d'horrible s'approchait de lui tandis qu'une place plus prestigieuse lui ouvrait les bras.

Le jour était très proche. Ce fut la veille. Comme prévu, il fut réveillé par trois frappes à la porte, et appelé pour terminer les rangs des dix

personnages déjà en marche. Le son des pas toujours en accords les uns avec les autres faisait valser le cœur du Khan qui ne pouvait pas s'empêcher de s'imaginer le coup de grâce. Il n'avait d'yeux que pour la cape du chef qui se trouvait devant lui. Apercevant de temps en temps les deux petites marques verticales orange de son masque lorsque celui-ci tournait la tête. Des petits sentiments de doute s'approchèrent quand même du soldat, mais ils furent balayés aussitôt par l'esprit combatif du personnage. Impossible de faire demi-tour, il fallait tenter quelque chose. Les soldats marchèrent encore jusqu'à une salle d'entrainements basiques où ils commencèrent des exercices simples à l'épée et à la dague sous les instructions du chef. Le Khan commença par désobéir, en faisant quelques mouvements lents, dans le vent, et susceptibles d'attiser la colère du chef. Mais celui-ci ne fit rien, il ne répliqua pas à son comportement enfantin. Il fallait donc que le guerrier fasse quelque chose de plus fort pour l'embêter, sans forcément le mettre dans une colère noire. Il attrapa donc une épée en bois et commença à mettre à terre ses coéquipiers sans raison. À cet instant, le chef qui avait l'impression de perdre son pouvoir s'énerva un bon coup. Il serrait déjà les dents quelques instants avant, mais c'était trop.
— Assez ! Tu vas beaucoup trop loin, suis mes instructions ou tu le regretteras encore ! s'écria l'homme au masque.
C'était parfait. Il était énervé, mais pas assez pour passer à l'action. Le guerrier savait désormais qu'il pouvait être déstabilisé, car derrière un masque et une capuche, difficile de voir les émotions d'un chef. Il reprit alors avec les instructions de base du chef et les exécuta sans faire d'histoire. Après quelques heures, il recommença et fit quelques écarts de comportement pour l'embêter. Cela marcha à merveille, car même sans les paroles, le Khan pouvait entendre les grognements du personnage qui ne voulait que sa mort.

Il fallut attendre encore. C'était trop tôt pour passer à l'action. La patience était la clef, voilà ce que ses supérieurs n'avaient pas.
La journée se termina et chaque soldat partit dans sa cellule. Le Khan qui se trouvait juste devant le chef lorsqu'il devait fermer la porte, ne put s'empêcher de lui dire muni d'un sourire :
— Bonne nuit !
Le chef au bord du gouffre allait éclater de rage. Il n'avait envie que de fracasser ce morveux qui lui faisait du tort et ne respectait pas son rang. Mais que ferait-il ensuite ? Il claqua la porte sans dire un mot et poussa les guerriers suivants dans leur chambre avant de les enfermer eux aussi. Il était furieux et on entendit ses pas dans tout le couloir pendant une bonne minute avant qu'il disparaisse dans la pénombre.
C'était tout proche, tout proche. Le jour d'après arriva sans que le guerrier ait fermé l'œil, il était bien trop prêt au combat pour paresser dans son lit. Après trois tapes sur la porte, un appel pour qu'il sorte fut lancé. Les neuf autres guerriers étaient là eux aussi, à suivre le chef du groupe. Parfait.
Ils avancèrent tous en rythme vers les salles de combat au corps-à-corps. Ce n'était pas la salle qui était visée. L'entrainement fut comme la veille, parfois bien exécuté, parfois énervant pour le chef. L'écart d'attitude flagrant dans le style de combat du Khan faisait encore serrer les dents du personnage au masque. Celui-ci n'attendait qu'une chose, partir.
Les heures passèrent encore et le groupe s'en alla pour les salles plus éloignées pour s'entrainer au tir. Les pas du chef montraient un énervement obsessionnel, les coups qu'il donnait en marchant faisaient vibrer le métal sous ses bottes.
Au contraire, les pas du Khan, pleins d'enthousiasme et de prudence sentaient le métal s'accorder avec ses pieds nus. Et tandis que la matière avait l'air de partager ses sentiments, il avança comme ses compagnons jusqu'à la gigantesque salle de tir, où étaient positionnés

d'immenses rochers et pièges. Ce terrain était parfait pour jouer avec quelqu'un qui possédait une armure, car même légère, elle empêchait des mouvements amples, et il fallait crapahuter.

Le plan se déroulait plutôt bien. Le chef était énervé, prêt à se battre et arrivé à destination voulue. Il commença par donner des ordres pour les arcs et les flèches, les positions de chacun et le type de mouvement qu'il voulait voir. Le Khan prit sa place comme tous les autres, ce qui permit de mettre tous les coéquipiers dans des endroits éparpillés de la pièce. Ceux-là, soit dit en passant, n'avaient pas idée de ce qui se tramait dans la tête du Khan et n'avaient pas fait attention à toutes les remarques ingrates qu'il avait faites à leur chef. Leur esprit brumeux les empêchait de voir plus loin que le bout de leur nez et de prêter attention à tout ce qui n'était pas nécessaire. Les minutes passèrent lentement et les échanges de flèches se firent sans qu'aucune cible ne soit touchée. Le Khan s'arrêta net, se tourna vers le chef et dit :

— Comment faites-vous pour être aussi paresseux ? Je parie que vous n'arrivez pas à voir les flèches. Ça fait mal au cœur de voir un tel incapable.

— Vermine. Me crois-tu incapable d'endurer un exercice aussi facile que celui-là ? Répondit l'autre en se levant.

— Oui c'est ce que je dis. Vous n'êtes qu'un moins que rien. Incapable de battre à mort un quelconque soldat qui vous tient tête. Vous êtes pathétique.

Et à cet instant la cape du chef tomba. La moitié de son visage découvert, les yeux pleins de furie et d'envie de mort envers le personnage qui venait de l'insulter. C'en était de trop, il fallait que cela cesse. L'humiliation subie ne pouvait être réparée que par la mort. Le Khan qui avait compris cela aussi savait désormais que c'était un combat n'incluant qu'un seul survivant. Lui était perché sur un des gros rochers tandis que l'autre personnage arrivait en courant pour lui faire la peau. Ainsi le combat commença.

Le premier coup de poing du chef, automatiquement esquivé par le soldat, fut envoyé dans le mur qui plia un peu avec la force du coup. Il se tourna, serra encore la main et courut vers le Khan sans hésiter pour enchaîner des coups. Celui-ci en prit un de plein fouet dans le visage, mais ne fut pas déstabilisé et se concentra sur les suivants. Les uns après les autres, le jeune homme les esquivait. Qu'avait le chef ? Il n'était pas un bon à rien pourtant, mais il n'arrivait pas à atteindre sa cible. Il commença à faire entendre un cri puissant qui venait de son abdomen. Lorsqu'il y avait un impact, c'était le moins haut gradé qui lui repoussait les mains sur le côté pour le déstabiliser. Le Khan repoussa la main gauche du chef sur la droite et envoya un coup de poing d'une grande rapidité au visage de l'autre. Il fit ainsi un écart de quelque centimètre en arrière avant de repositionner sa tête correctement. Il était déboussolé, et à mesure qu'il gaspillait son énergie, il s'énervait d'autant plus et relançait des attaques encore moins efficaces. La vitesse de frappe du chef était néanmoins démesurée, il devait envoyer quelque cinq coups de poing à la seconde. Il commençait lui aussi à devenir inhumain. Quelques pièges étaient installés sur le sol, mais l'homme à la capuche les esquivait tous, il connaissait leur emplacement par cœur et ne se laissait pas distraire par ceux-là. Son habit qui aurait dû être un désavantage pour le terrain ne le déstabilisait pas vraiment, cela restait un avantage pour les coups.

Les personnages autour commençaient à s'inquiéter pour l'état du chef. Où était passé l'entrainement régulier ? Et que devaient-ils faire pendant ce temps-là ?

La vitesse de frappe était telle que le jeune Khan ne put pas tout esquiver, même avec son assurance, il mangeait des coups. Surement pas très puissant, mais rapide. Il recula encore et arriva sur des petits

cailloux peu stables, ce qui ne l'avantageait pas vraiment, car ses pieds nus allaient se couper sur les petites pierres tranchantes.
Son supérieur n'hésita pas et continua avec lui sur cette zone. Il envoya encore des coups vers son ennemi, sans s'arrêter, à la même vitesse. Les deux personnages arrivèrent dans une petite pente, et le plus puissant était positionné en hauteur, descendant sur l'autre. Le Khan fit une roulade sur le côté gauche, vers l'avant, ce qui lui coupa le dessous des pieds et il ramassa une bonne tape dans le dos qui le fit tomber. Le soldat à terre se retourna sur le dos et poussa de ses deux jambes pour faire basculer le chef et le faire tomber dans la pente. Il se releva aussitôt et sauta pour suivre l'autre dans les airs. L'homme à terre prêt à se relever ne vit pas les deux pieds joints de son adversaire lui arriver en pleine face, ce qui lui écrasa sur le sol. Un énorme coup qui lui enfonça la tête sur un rocher de sa taille. La puissance fut si grande que le rocher ressentit aussi la douleur.
Les membres de l'équipe orange étaient stupéfaits, ce n'était plus un combat entre humains. Les deux combattants se relevèrent, sans sentir les dégâts qu'ils avaient subits, mais en laissant une petite douleur transparaître sur leur visage. L'un avec la bouche en sang, l'autre avec le visage décalé derrière son masque. Aussitôt debout, le chef garda sa haine pour l'ennemi et se jeta sur lui en montant cette fois-ci. Le Khan avait le désavantage du terrain encore une fois, il marchait à reculons dans une pente, et prenait garde à ne pas se faire attraper une jambe par l'autre plutôt que d'esquiver les coups de poing. Mais il reçut quand même quelques coups dans les jambes, et le chef finit par attraper l'une d'elles. Dans un dernier élan, Le Khan tira une pierre du sol et la jeta de toutes ses forces vers le visage du chef qui fut obligé de lâcher prise et d'envoyer sa proie aléatoirement dans les airs. Après une retombée qui lui irrita de nouveau les pieds et les genoux, le guerrier s'accrocha sur un caillou un peu plus gros et remonta tout en

haut d'une pente, attendant la bête affolée qui allait venir. Il eut un instant de répit pour remettre ses idées au clair.

À peine une bouffée d'air inspirée, il fut surpris par le chef qui était déjà à son niveau et lui colla une bonne baffe aussitôt qu'il le pouvait, en le faisant voler sur le côté. L'ennemi ne lâchait pas prise. Aveuglé par la colère, il suivait chaque mouvement de chute de son adversaire. Encore en haut de l'énorme rocher, le Khan arrêta le premier coup de poing qui lui venait dessus. Il rendit un coup de pied dans le visage de l'autre qui ne s'arrêta pas et réutilisa la même tactique en attrapant une pierre, pour la balancer le plus fort possible dans la face du chef. Aussitôt déstabilisé, le Khan en profita pour enchaîner deux droites dans le nez de l'autre puis donna un grand coup de pied dans l'intérieur de son genou, ce qui le déboîta et le fit tomber dans une crevasse entre deux petites pentes. Il redonna un coup dans son visage pour le décaler du côté du vide. Désormais en appui sur une pierre unique, avec une jambe en moins, le chef ne pouvait pas bouger dans la seconde. Il intercepta un grand coup de pied en pleine poitrine. La pierre en dessous de lui craqua et le Khan envoya encore sa jambe en l'air en appuyant de toutes ses forces pour faire tomber le chef vers le bas. Le rocher brisé se précipita dans le vide, mais le chef attrapa un quart de caillou qui dépassait du sol pour ne pas faire la chute. Il reprit une nouvelle fois le pied du soldat, puis une deuxième en pleine figure ce qui le déstabilisa avant de le faire valser dans les airs.

La chute dura deux bonnes secondes avant que l'ennemi ne touche le sol. Il aurait pu se casser le cou et terminer le combat à cet instant, mais il était bien tombé à plat sur le ventre. Le Khan en profita pour se diriger vers son confrère le plus près.

— Reste là, ne bouge pas, ne fais rien.

En disant cela, il attrapa son arc et deux flèches qui étaient plantées dans son carquois, et il les tira aussitôt sur le personnage au sol qui les prit dans le dos sans pouvoir les arrêter. Il ne bougeait plus.

— Il est mort ?
Le chef au sol se mit à bouger, agrippa les deux flèches envoyées pratiquement au même endroit, et les tira de son dos. Il était vraiment amoché, mais toujours vivant malheureusement. Il se leva très vite et partit vers une table un peu plus loin, celle sur laquelle étaient posées les armes. Il attrapa un arc et tira lui aussi deux flèches vers le soldat qui les esquiva.
— Tu es faible. Répondit le Khan essoufflé.
Et sur ces paroles le chef attrapa une lame accrochée sur un présentoir. Elle avait l'air très bien affûtée. L'homme commença à courir vers les rochers pour remonter vers le Khan qui n'arrêtait pas de le rabaisser. Pendant ce temps, l'autre alla vers un autre de ses coéquipiers et lui tira son carquois en entier.
Le guerrier ne refusa rien à son supérieur et partit dans la direction opposée aux deux grands combattants qui menaient leur guerre. Le moins haut gradé des deux encocha une flèche et ne la gaspilla pas. Il attendit que son chef fasse quelques pas et tira. Elle fut manquée de peu. Le soldat n'était pas mauvais en tir, mais les réflexes de l'ennemi étaient bons. Le Khan en encocha une seconde, commençant à faire quelques pas en arrière doucement pour prendre un peu de distance. Il la tira au niveau du ventre que l'autre ne put éviter. L'armure de cette créature était épaisse et ne permit pas à la flèche de passer. Une troisième fut envoyée au niveau de la tête, mais comme la première, elle fut esquivée. L'immense personnage au masque était très proche, il ne lui restait plus que quelques pas à faire pour pouvoir trancher l'apprenti soldat. Le Khan balança la dernière flèche rapidement et tira le carquois de son dos pour qu'il ne le dérange pas plus longtemps.
Les deux personnages étaient face à face. L'un avec un arc inutile, et l'autre, prêt à trancher. Le second envoya deux coups d'épée rapides en guise d'exercice puis s'avança d'un petit pas et commença à envoyer

son épée dans tous les sens. Sa furie était extraordinaire. Numéro 2 ne pouvait qu'esquiver, il ne valait mieux pas risquer de se faire trancher un bras. Au fur et à mesure qu'il reculait, ses pieds s'irritaient sur quelques cailloux, tandis que l'autre en botte faisait de grandes enjambées. Un coup, puis deux, et trois lui coupèrent le haut du torse, l'épaule, et le visage assez profondément. Le Khan n'eut d'autres choix que d'esquiver une attaque en diagonale et de s'avancer, tentant de mettre son plus gros coup de poing dans la face de l'autre. Mais celui-ci stoppa sa main et envoya un grand coup de pied dans le ventre du Khan. Il était à terre.

— C'est fini... Désolé mon grand.

Le Khan était à la merci du persécuteur. Celui-ci brandit son épée vers l'arrière pour transpercer le buste de l'apprenti guerrier. Il l'envoya de toutes ses forces vers le bas et cria en même temps.

L'épée se planta dans le sol en traversant. Du sang coulait sur les rochers coupant en dessous de l'homme. Tout était calme. Plus un bruit dans la salle. Les guerriers du groupe orange ne savaient pas quoi penser. C'était fini ?

Le guerrier au sol s'était décalé de quelques centimètres en poussant sur une pierre à côté, mais il ne put pas esquiver entièrement le coup. Il ouvrit les yeux encore une fois, il n'avait plus de force. Mais à cet instant, la rage qui lui traînait depuis des années eut un relent et l'homme l'accepta encore une fois pour combattre. Il ne disait rien. Les yeux du guerrier noircirent, ils devinrent aussi profonds que les abîmes. Et dans cet océan profond surgissait une étincelle bleue. Il donna un immense coup de paume dans la lame de l'ennemi et celle-ci vola en éclat aussitôt. L'homme frappa ses deux poings sur le sol et se releva d'un coup.

Il regarda le chef qui comprit aussitôt sa fin en plongeant dans les yeux d'une vieille bête connue. Le Khan envoya un coup d'une extrême violence dans la tête de l'autre qui tomba au sol. Il envoya encore, encore, et encore ses poings vers son ennemi. Ce fut une tempête de coups lourd et puissant qui faisaient trembler les pierres de toute la salle, la vague de haine du chef venait d'être passée au soldat qui l'avait tué de ses mains. L'homme continua quand même les coups jusqu'à ce que l'autre soit méconnaissable. Le chef était désormais complètement anonyme. Et malgré la haine que le jeune homme venait de déferler contre son chef, il s'arrêta…

L'homme regarda vers le ciel et reprit ses esprits. Ses yeux redevinrent de couleur normale et il jeta son regard sur la personne qui lui avait donné tant de fil à retordre. Il ne détourna pas les yeux une seule fois. Ce fut une épreuve de le vaincre, mais il savait que d'autres problèmes plus complexes allaient arriver à un moment ou à un autre.

Il se releva, prit le temps de regarder autour de lui ses neuf compagnons avant de leur dit : — Vous comprendrez que désormais je ne suis plus seulement votre Khan, mais je vais prendre ma place en tant que chef. Cependant vous ne devrez rien dire aux autres, garder cela pour vous, c'est le seul moyen pour que nous sortions tous d'ici vivants. Est-ce que c'est compris ? Dit-il d'un ton sec.

Les autres en l'absence d'un chef devaient de toute façon obéir à leur Khan. Puisque celui-ci avait été promu, ils lui répondirent tous :
— Oui !

Sous le regard de ses pairs, le vainqueur du combat enleva doucement l'armure complète du perdant et demanda au numéro 3 d'aller laver le masque dans une bassine d'eau sur le côté de la grande salle. Le guerrier prit soin d'enfiler chaque partie de l'uniforme au fur et à mesure. Les jambières, le pantalon, le plastron, les épaulières et arriva surtout… Le masque.

Aussitôt sur lui, il sentit une vive différence entre l'air qu'il avalait maintenant et celui qu'il avait le droit de respirer avant. Ce qui était aussi étonnant, c'était la taille de l'armure. L'autre guerrier avait l'air bien plus grand que le Khan et pourtant, l'armure seyait à merveille au nouveau chef.

Il avait pris soin de se déshabiller en même temps, et fit enfiler son vêtement de prisonnier à l'autre qui était au sol. Le corps du pauvre homme au sol devait avoir la marque du Khan de l'équipe orange et le chef devait effacer son numéro de prisonnier, autrement, impossible d'être authentique, les autres le reconnaîtraient. Heureusement il savait que les chefs disposaient d'une fiole de liquide qui permettait d'effacer la marque et d'un pot de couleur pour tracer le nouveau rang. Il attrapa la fiole pour effacer le numéro, en versa deux gouttes sur le cou de l'homme à terre puis frotta. Il fit de même avec son cou pour enlever le numéro un affiché. Une fois fait, il attrapa le pot de couleur, traça un trait bien net pour marquer le cou de l'ancien chef et nouveau prisonnier. Il rangea la petite boîte sur sa ceinture. Le deuxième chef du groupe orange venait de prendre vie à nouveau, malheureusement, pas l'autre. La tâche la plus dure allait de bien se faire passer pour le chef officiel.

Encore un peu d'air frais inspiré au travers du masque du numéro 2 et le personnage désormais catapulté à ce rang se releva. Il jeta un lourd regard sur ses compagnons puis avança vers le sol avec le Khan. Il ne tarda pas à arriver en bas et attrapa l'immense cape du chef qui traînait sur la table pour l'enfiler. Le personnage était méconnaissable. La différence de taille avec l'autre personnage ne se voyait pas. L'armure avait-elle changé ? Ou l'homme avait-il grandi ?

L'homme devenu anonyme s'avança un peu et dit aux autres : —Je suis le chef numéro 2 du groupe orange. Cet homme que vous voyez, c'est le Khan de cette équipe. Il m'a provoqué et j'ai perdu mon sang-froid. Je l'ai battu à mort pour toutes les crasses qu'il m'avait faites en ce jour et la veille. La responsabilité est entièrement la mienne, et j'accepte mon destin, car en tant que chef de cette équipe, je dois montrer l'exemple. Est-ce que c'est clair ?

Les soldats se rassemblèrent lentement, et firent une ligne impeccable. Leur regard était droit, fixé vers l'horizon.
— Oui ! Répondirent-ils ensemble.
— Ma mission va être de sortir d'ici, et d'emmener ceux qui le souhaitent avec moi, je vais vous sortir de cet enfer !
Les soldats comprirent à cet instant qu'ils avaient une chance de s'échapper de ce bâtiment sinistre, et que celle-ci résidait dans l'armure du chef. Leur seule chance de s'en tirer sans la maltraitance du Maître était de faire confiance à leur camarade. Ils allaient devoir mentir à leurs supérieurs, et probablement recevoir d'extrêmes tortures si cela se savait, mais cela en valait la peine. Ils commençaient eux aussi à créer des sentiments nouveaux et à espérer plutôt qu'à haïr.
— Je suis désolé pourtant, car je devrais parfois faire preuve de cruauté. Pour me fondre dans la masse, je vais devoir agir comme un chef. Je ferais de mon mieux pour ne pas trop en faire.

Chapitre 7 : Un prêté pour un rendu

Les soldats finirent la journée normalement, dans un entrainement normal, où les flèches volaient d'un côté à l'autre de la pièce et de petites taches de sang venaient imprégner les rochers. Mais pour le nouveau chef du groupe, il fallait désormais avouer sa faute aux supérieurs hiérarchiques, et il redoutait ce moment. Car s'il devait être percé à jour, il allait passer le reste de son existence à la torture. Mais après réflexion, il avait déjà passé toute son existence à être torturé. Les chefs se devaient tout de même de respecter leur Khan, leur bras droit. Numéro 2 savait qu'il allait souffrir pour l'avoir tué. Le jeune chef commença alors à se diriger, avec ses guerriers, vers leurs quartiers. Le soldat méconnaissable se trouvait sur l'épaule de celui-ci, il était gardé avec soin. L'homme à la capuche enferma ses guerriers chacun dans leur chambre sans rien dire, comme une journée banale. Il continua son chemin seul dans les couloirs, sans savoir parfaitement où se trouvait l'endroit qu'il cherchait même s'il connaissait approximativement le lieu. C'est pourquoi une fois arrivé à la limite de ses connaissances, il passa quelques instants à regarder à droite et à gauche, essayant de trouver quelque chose de significatif. Mais il n'y avait rien. L'homme marcha alors avec son cadavre sur l'épaule pendant quelques minutes en ligne droite, pour ne pas se perdre.
Il aperçut une porte en métal un peu plus loin sur le côté droit. Il ne savait vraiment pas à quoi s'attendre, il posa alors le corps qu'il possédait sur le sol, à quelques mètres de l'entrée.
Après une grande inspiration, il attrapa la poignée et ouvrit la porte vers l'avant, d'un air assuré. Après un regard aux alentours, il vit un homme à capuche juste devant un bureau. Cet homme avait aussi un masque et un V rouge inscrit dessus. C'était le plus faible des chefs.

Après une seconde d'hésitation, Numéro 2 prit la parole
— Le Maître est dans ses quartiers ?
— Ça ne va pas ? Ici on est qu'à la première porte, il en faudra encore quelques-unes avant de lui tomber dessus.
Un peu étonné, mais rassuré, l'homme aux couleurs orange avait la réponse qu'il attendait. Il répondit alors d'une voix forte.
— Un peu de respect s'il vous plaît. J'ai eu une dure journée.
Et en disant cela il claqua la porte derrière lui et partit retrouver le cadavre qu'il reposa sur son épaule. Pendant ce temps de l'autre côté de la porte :
— Mais il ne va pas mieux lui, un jour il va se prendre une soufflante sévère, et je serais aux premiers rangs.
Numéro 2 repartait dans le couloir et comprenait que chacun avait son bureau par ordre de rang. Il compta alors tous les chefs et leur couleur pour trouver le bureau du Maître.
— Rouge : 4, 3, 2, 1, bleu : 5, 4, 3, 2, 1, Vert : 5, 4, 3, 2, 1, Orange : 4, 3, 2, 1… Jaune !
À cet instant il gloussa, il n'était plus aussi serein qu'avant alors qu'il allait être confronté au chef des chefs. Il prit quelques inspirations avant de se lancer, il ne savait pas encore s'il vivait ses derniers instants.
— N'attends pas plus ! Annonça une voix dans sa tête en le forçant à tendre la main sur la porte.
Il frappa deux fois avant de tourner la poignée pour entrer. Un personnage se tenait debout devant un grand morceau de papier affiché au mur, peu importe ce que c'était. L'homme qui venait de franchir le seuil ne se préoccupait plus que des battements de son cœur qui faisaient bientôt vibrer les parois métalliques autour de lui.
— Eh bien, parle ! Dit le Maître d'un ton presque joyeux.
— J'… j'ai tué cet homme…

Le personnage au grand sourire jaune ne répondit rien. Il s'approcha du chef orange et releva la « tête » du cadavre sur son épaule. Il vit la marque qui indiquait le grade sur son cou. Le Maître leva la main et la posa sur la poitrine de l'autre pour le pousser doucement en dehors de la pièce. Cette sensation au toucher était extrêmement désagréable, comme si quelque chose faisait bouger son cœur.

Le Maître ferma la porte derrière lui et regarda encore la marque sur le cou du personnage sans vie à l'épaule du personnage.

— Tu as fait quoi ? Demanda le plus puissant des deux, toujours avec un petit rire terrifiant.

— Je l'ai...

Il n'eut pas le temps de terminer sa phrase qu'un énorme coup de poing lui arriva sur la figure, aussi rapide que le son et aussi lourd qu'une masse. Pas le coup de poing d'un maître du combat qui aurait passé sa vie à frapper, non. Un coup de poing qu'Hercule lui-même aurait redouté d'attraper en pleine figure.

La puissance de la frappe fut telle qu'elle laissa le cadavre s'étaler sur le sol aux pieds du Maître, tandis que l'autre personnage rebondissait sur le sol dans tout le couloir, faisant l'intégralité de la route arrière. L'homme qui venait de toucher le sol était déjà comateux. Le fragment de seconde de douleur qu'il venait de subir avait dû faire sortir son âme le temps d'un instant, pour la replacer en lui un peu après. Impossible de savoir pour le moment s'il était encore en vie, mais personne n'aurait donné cher de sa peau. L'ensemble des chefs présents dans leur bureau sortirent en entendant le vacarme.

Les uns après les autres, les chefs voyaient le Maître avancer d'un pas lent, très lent, trop lent. Ce n'était pas bon signe.

Le soldat bientôt en miettes reprit conscience, et subit une immense douleur dans le crâne. Il était paralysé, les yeux grands ouverts, impossible de se débattre. Son crâne entier bougeait seul d'une façon

extrêmement étrange. Le dernier chef rouge qui était le plus proche n'avait pas encore vu le Maître arriver. Il alla donc vers son supérieur.
— Est-ce que ça va ? Que s'est-il passé ?
— Écarte-toi Numéro 5. Dit une voix assez lointaine.
L'homme marqué de rouge pouvait reconnaître cette voix parmi des millions. Il s'écarta aussitôt et se dressa comme un piquet, attendant patiemment le Maître.
Les pas extrêmement puissants de celui-ci faisaient bientôt trembler le bâtiment, toutes les personnes présentes dedans pouvaient les entendre. Le chef des chefs était suivi par les autres qui marchaient comme des soldats, tous en rythme. Il était bientôt arrivé à hauteur de l'homme au sol.
— Merde, je vais mourir. Se dit l'homme agonisant et incapable de bouger.
Une fois à sa hauteur, le Maître se pencha, attrapa le crâne de la personne à terre et la releva. La sensation intense de douleur dans la tête du chef en mauvaise posture le faisait souffrir le martyre. Il se sentait partir, mais quelque chose le maintenait encore en vie. L'autre le reposa en position assise, ce qui lui permit de garder ses esprits. L'empereur ici présent s'était accroupi pour parler.
— Bien. Alors, maintenant tu vas m'expliquer, pourquoi as-tu fait ça ? Pourquoi as-tu tué un soldat qui est protégé par les lois que j'ai MOI-MÊME CRÉÉES ? Dis-le-moi. RÉPONDS.
— I... il a bafoué mon honneur... et m'a insulté. Et lorsque j'ai voulu le corriger, il m'a attaqué. Je l'ai donc tué. Répondit l'autre en retombant dans un état second.
Le premier chef du groupe orange qui pensait avoir compris de quoi il s'agissait là, s'approcha lentement de la capuche de son chef et murmura quelque chose à son oreille. Personne ne pouvait entendre. Le Maître releva la tête et demanda à Numéro 2.

— Étais-tu au courant que l'homme que tu as tué était porteur de la géomégalie ? Parle !

L'homme à terre se demandait bien de quoi l'autre personne voulait parler et ne voulant pas éveiller les soupçons il répondit presque au tac au tac.

— Non Maître.

— MERDE, MAIS C'EST PAS VRAI ! ET TOUT ÇA PARCE QU'IL ÉTAIT À SA GARDE !

En criant cela, le Maître se releva et se tourna vers le premier chef de l'équipe orange.

— Et pourquoi ne lui as-tu pas dit ? C'était si compliqué de lui faire un topo sur ce gars-là ? Tu l'avais observé et tu savais qu'il avait failli le tuer, j'aurais dû te demander de l'arrêter aussitôt !

Le premier chef orange savait qu'il y avait une part de la faute qui revenait au Maître, mais il ne voulait pas se mettre dans le même pétrin que son homologue. Par conséquent, il se tut à ce sujet.

— Mais… Je ne pensais pas qu'il serait capable de tuer quelqu'un comme lui. Il avait déjà survécu une fois, Numéro 2 savait très bien qu'il ne fallait pas tuer un Khan, et j'ai pensé qu'il l'avait compris.

— Eh bien voilà ! À penser par toi-même, on obtient un résultat comme celui-là. C'est impossible d'être aussi incompétent !

— Il aurait fallu le diriger directement dans les salles d'observation sans le laisser retourner dans notre groupe, vous ne pouviez pas vous en occuper, mais il aurait pu être gardé tranquillement. Répondit le chef orange d'un ton moralisateur.

— CROIS-TU QUE C'EST MA FAUTE ? s'exclama le Maître d'une voix presque démoniaque.

— J'aurais dû y penser plus tôt, lui répondit-il calmement.

L'homme derrière le numéro 1 du groupe orange était le seul dans l'établissement qui n'avait pas peur du courroux de l'empereur. Les autres au contraire s'abstenaient souvent de parler pour ne pas faire de vague et éviter de subir le même sort que Numéro 2.

Ce que se disputaient les deux personnages à cet instant dans le couloir était une chose apparemment très importante pour mettre le Maître dans un état pareil. Il marmonna quelques paroles dans son masque en faisant des allées et venues au travers du couloir. La perte d'un élément clef dans son plan le rendait fou de rage, jusqu'à ce que le premier chef de l'équipe verte se mette finalement à parler.

— Est-on sûr que la personne sous ce masque est bien le chef numéro 2 de l'équipe orange ?

Le Maître arrêta sa marche et releva la tête vers celui-ci.

— Comment veux-tu que je me rappelle le visage de vous tous, avec les années ? demanda le chef au sourire jaune d'un ton agacé.

— Si le Khan de l'équipe orange avait finalement tué son chef, et prit sa place, ne serait-il pas là devant nous, et sous cette capuche ?

Excellente remarque de la part du chef vert. Cette intervention venait de démasquer le pauvre homme qui se trouvait effectivement sous la capuche d'un autre. Lui qui pensait que tous les chefs étaient abrutis sous les ordres. Le Maître, qui ne put s'empêcher d'avoir un rire nerveux, s'approcha lentement du rat enfermé dans sa cage, assis devant la fin de sa mascarade. La main du personnage effrayant atteint la capuche de l'autre personnage, lui faisant par la même occasion, extrêmement mal au crâne. Il la releva puis tira d'un grand coup vers le bas le masque qui indiquait le numéro 2.

…

Le Maître se releva, se tourna lentement et entama sa marche dans le couloir sans dire un mot. Il leva le bras droit en l'air et quand il passa au-dessus d'une table, il la démolit d'un seul coup franc. Éclatée, la table venait d'annoncer au nouveau deuxième chef du groupe orange qu'il était libre.

— Dégagez. Dit le Maître. Foutez le camp d'ici avant que je ne m'occupe de vous tous de mes propres mains.

Qu'avait-il bien pu se passer à cet instant ? Il était improbable que le Maître ici présent n'ait pas reconnu le Khan du groupe orange. Le frère de son Khan personnel. Comment était-il possible pour le personnage assis de voir tous les autres s'écarter et rentrer dans leurs quartiers sans même apposer la main sur lui ?

Il était pétrifié, la douleur parcourait son corps aussi vite que son sang. C'était la première fois qu'il avait senti un mal aussi violent et qui ne lâchait pas prise en plus de ça. L'homme tomba encore dans les vapes pendant deux minutes, mais trouva la force de se relever après un bon quart d'heure. Il était tremblant et frêle, mais sur ses pieds. Où devait-il aller désormais ? Plus personne n'était présent pour lui indiquer quoi que ce soit. Il n'avait plus de cellule dans laquelle se cacher. Soudain un éclair lui traversa l'esprit. Il était désormais le chef, et devait donc avoir son propre bureau. Il remit sa capuche et son masque et avança dans le couloir, à l'aide de ses pâtes vibrantes, prêtes à craquer sous le poids de son corps. Il marcha ainsi en comptant encore toutes les portes des chefs.

Il arriva devant la supposée porte du bureau, et l'ouvrit assez vite, pour ne pas avoir plus longtemps à attendre dans le couloir, de peur de revoir le Maître débarquer. Il tomba nez à nez avec un autre chef. C'était le quatrième du groupe orange. Le numéro 2 avait dû mal compter.

— Désolé, le coup m'a secoué, je m'en vais. Dit-il.

— C'est normal. Répondit le numéro 4. Personne ne se retrouve dans un bon état après une beigne du Maître. Allez vous coucher, il ne vous reste que deux portes à faire, et n'oubliez pas de rendre votre dossier demain.

— D'accord, merci.

Le personnage repartit pour le couloir, avança encore de deux portes, et tourna la poignée pour entrer. Cette pièce était sombre, personne n'était présent. Il venait d'arriver dans son nouveau chez lui et ferma la porte derrière lui.

Aussitôt soulagé d'être « en sécurité », il fit le tour du petit appartement qu'il venait de décrocher. Il y avait un interrupteur que le chef actionna. Aussitôt, la pièce fut bien éclairée. L'endroit était constitué de deux parties, l'une était un bureau avec un tas de papiers partout, l'autre était coupée par une seconde porte qu'il fallait ouvrir avant de tomber sur une chambre. Cette autre pièce n'aurait pas été très luxueuse pour le commun des mortels, mais le chef venait de faire un bond et se sentit aussitôt béni des dieux de posséder un matelas aussi épais. Sans y réfléchir plus longtemps, il entra dans cette pièce qui donnait plus envie que le bureau et fit un tour de tête assez bref pour observer les lieux. Il y avait un lavabo, un assez grand lit, un miroir, quelques bougies, et un repas qui l'attendait. Les yeux rivés sur la nourriture, il s'avança vers celle-ci en tirant son masque et n'hésita pas à le gober. Le goût n'était pas exceptionnel, mais il valait mieux ça plutôt que la tambouille des autres guerriers, il y avait moins de grumeaux.

Il jeta un coup d'œil au miroir en se rappelant qu'il venait d'être épargné. Il voulait absolument vérifier le pourquoi. Aussitôt l'assiette reposée, il s'avança en face de la glace, et regarda au travers. Il avait oublié d'enlever la capuche de son front. La capuche tirée vers l'arrière et le masque descendu, il aperçut quelqu'un dans son miroir, mais ce n'était pas lui...

— QUOI ?!

Après quelques secondes d'observation intensive, il fit un bond en l'air et se demanda ce qui pouvait lui être arrivé. Ce n'était pas lui dans son reflet, il n'était pas la personne qu'il avait toujours vue. Le miroir devait déformer les visages ! Il prit encore quelques instants à s'observer dans tous les recoins et repensa à un petit détail. La douleur phénoménale que lui avait infligée le Maître en lui collant une beigne lui avait donné l'impression que son crâne lui-même était en train de changer. Ce coup de poing ne lui avait pas seulement fait perdre connaissance. Il avait dû frapper si fort que son portait en fut déformé. On pouvait ajouter à cela, le fait que les gants du supérieur avaient une force très étrange. Lorsque celui-ci l'avait approché de son visage et de son buste, il avait ressenti un profond malaise. Finalement cette force herculéenne lui avait injecté une douleur sans précédent, mais lui avait aussi sauvé la vie. Le nouveau chef fut soulagé, il n'avait pas bien compris pourquoi, mais il était tiré d'affaire.

La fatigue se fit sentir et Numéro 2 qui tourna le regard vers le lit, se laissait tenter aisément par le doux matelas. Il n'hésita pas plus longtemps et tomba sur le lit avant de s'endormir.

« Géomégalie ». Ce mot retentait pendant le sommeil du chef. À son réveil, il ne pouvait plus penser qu'à ça. Qu'est-ce qu'un porteur de ceci pouvait être ? Cela devait être extrêmement important au vu de l'agressivité du grand chef envers tout le monde.

Il n'eut pas beaucoup plus le temps de rêver de la question. Cette fois-ci ce ne fut pas un chef qui entra dans sa chambre pour le réveiller. Le personnage dans le lit fut sorti du sommeil par un appareil qui était posé à quelques dizaines de centimètres de lui.

La nuit avait été courte, mais tout de même assez reposante. Le personnage tenta d'éteindre la machine qu'il ne connaissait pas. Il la tournait et retournait pour en comprendre le mécanisme. C'est après quelques secondes d'acharnement qu'il vit finalement un petit bouton qui ressortait de l'engin. Il le poussa et la machine s'arrêta de crier. Tant mieux, ces sons lui donnaient mal au crâne. Numéro 2 se leva et repensant à son visage déformé, partit vers le miroir accroché au mur pour regarder dedans.

Il n'était pas si désagréable à regarder finalement. Ce n'était pas le même visage, mais il ne se trouvait pas moche pour autant. Tant mieux parce qu'il allait devoir s'accommoder de celui-ci, à moins de redemander une baffe au Maître.
Le chef se tourna et ouvrit la porte qui menait vers son bureau. Il entra et ne vit personne. Rien à part quelques grandes feuilles étalées de çà et là sur la table en bois. Il tenta d'en attraper une pour voir de quoi il s'agissait, mais celle-ci était remplie d'écritures, et il ne savait pas bien lire.
Les chefs n'apprenaient pas aux soldats à lire, pour dédier encore plus leur esprit au combat. Cela leur évitait aussi de s'envoyer des messages entre guerriers. Cependant. Même s'ils ne savaient pas reconnaître les mots, ils connaissaient les sonorités des lettres, car l'entrainement tactique obligeait les soldats à donner des ordres à distance. Ils utilisaient les lettres de l'alphabet pour faire comprendre à leurs camarades les mouvements à effectuer.
— A... U... T... O... N... O... M... I... E. Ayant lu toutes ces lettres qui ne semblaient pas donner quelque chose de concluant, le chef les lut encore, mais plus vite cette fois. — AUTONOMIE. Il reposa le papier.
— Merde, comment je vais faire ? Je suis mal barré si j'ai des papiers à remplir.
Il eut une idée en se souvenant que le chef inférieur à son rang lui avait parlé de façon normale. Peut-être allait-il pouvoir demander un service à quelqu'un de moins bon rang que lui ? Non, il était chef, désormais il fallait exiger l'aide de ses camarades.
Il se retourna alors et regarda la porte de sortie, et à côté de celle-ci était posée une petite assiette de nourriture. Quelqu'un l'avait laissée là pour lui. Sans se poser de questions, il avala son repas et ouvrit la porte pour vagabonder dans les couloirs et trouver quelles étaient ses obligations maintenant qu'il avait été promu. C'est pourquoi il alla

trouver le numéro 4 de sa couleur pour lui demander de l'aide. Il arriva devant sa porte et frappa deux fois avant de tourner la poignée. Il ne fallait pas qu'il passe pour un imposteur, il prit alors une voix assez dure, rauque et digne d'un chef de son rang.
— J'aurais besoin d'aide. Le coup que m'a porté le Maître hier m'a fait perdre la mémoire, je ne me souviens que de quelques bases, mais bien trop peu pour remplir mon dossier.
L'autre chef à son bureau en train de manger reposa son assiette et réfléchit un instant. La nouvelle n'avait pas l'air de le surprendre tant que ça. Il ouvrit un tiroir et sortit un paquet de feuilles, duquel il en déchira deux. Il regarda son supérieur et lui dit :
— Bien, alors je vais rédiger le rapport d'hier assez vite pour que vous puissiez l'emmener dans la boîte du secrétariat dans la journée. Par contre vous allez devoir m'expliquer rapidement le combat avec le Khan. Ensuite je vais vous en faire une deuxième avec les noms des punitions données pour que vous arriviez à la lire et relire pour apprendre, c'est ce qui est le plus important comme vous devez le savoir. Je vous dicterais une fois les mots à retenir, puis vous continuerez vous-même.
Étonnement la coopération du chef était irréprochable, il ne doutait pas de l'autre et commençait à lui dire les mots qu'il écrivait. Numéro 2 trouva d'ailleurs assez simple la lecture des mots, il n'avait qu'à retenir quelques sons différents en lisant les lettres accolées. Le chef « amnésique » raconta ce qu'il se rappelait de son combat avec le Khan et les deux feuilles de papier furent remplies. Le plus haut gradé des deux avait compris sans problème les noms des punitions en retenant leur place sur la feuille.
— Je ne voudrais pas vous vexer, mais vous avez quand même mérité cette perte de mémoire. Dit soudainement le chef numéro 4. Si votre Khan était réellement un porteur de la géomégalie, il aurait été notre

meilleur atout. Peut-être même qu'il n'était pas encore éveillé, et l'autopsie sur son corps ne nous servira donc à rien.

L'autre se tut un instant et répondit rapidement, sans même savoir pourquoi : —Vous devez avoir raison. Cependant je l'avais prévenu plusieurs fois avant d'agir comme je l'ai fait. Désormais, il est trop tard pour revenir là-dessus.

Ce à quoi l'autre répondit encore : —J'ai lu dans les dossiers des archives que cela peut prendre des mois à s'éveiller à partir du moment où l'impulsion s'est fait voir pour la première fois. Si vous aviez su… Vous n'auriez eu qu'à attendre quelque temps et le tour était joué. Bref inutile d'en débattre maintenant puisque c'est terminé. Heureusement pour nous, son frère est encore en vie.

Un amas d'information venait de survenir d'un coup. La tête de Numéro 2 ne faisait que réfléchir sur toutes les paroles de l'autre. Mais il ne fallait encore pas s'attarder, c'est pourquoi il reprit par une autre question.

— Et où est le secrétariat ? Et qu'est-ce que je fais ensuite ?

— Dites donc. Il ne vous a quand même pas loupé le Maître, ça n'avait jamais été si dur. Bon pour le secrétariat vous sortez d'ici, vous allez vers l'appartement du Maître et une fois dépassé, après vingt-cinq mètres il y aura une allée sur la gauche, vous la prenez et ce sera la deuxième à droite. La première à droite est pour monter sur la tour pour les gardes, et cela répond à votre deuxième question. Ma garde est dans seize jours alors la vôtre est dans dix-huit. C'est votre deuxième tâche. Vous n'aurez qu'à regarder les alentours pour voir si des ennemis approchent.

— D'accord. Répondit Numéro 2. Merci pour votre aide.

— Pas de quoi ! Ce n'est quand même pas évident de se faire tabasser comme ça, sacrés gants. J'espère que vous ferez pareil pour moi si je me fais encore secouer ! Voilà vos papiers, maintenant partez, je dois finir mon déjeuner.

Ainsi le nouveau chef qui avait pas mal de renseignements, de nouveaux mots, et quelques informations sur les lieux et ses devoirs, repartit déposer sa fiche de rapport. Il la lisait en même temps qu'il marchait dans le couloir sans faire de bruit. La vie de Chef était donc si simple ? Ils n'avaient qu'à bien tabasser les prisonniers et se la couler douce ensuite ?

Il arriva au niveau de la porte du Maître et eut un frisson. Il avait peur de cet endroit désormais et ne voulait pour rien au monde y passer plus de temps. Il continua sa marche et une vingtaine de mètres plus loin, trouva l'allée sur la gauche puis l'emprunta.

Sur la gauche étaient disposées quelques portes, mais Numéro 2 suivit ses instructions et n'y prêta pas attention. Il prit la deuxième à droite et arriva à une impasse. C'était un cul-de-sac avec au fond une sorte de guichet. Il déposa la feuille sur la table de celui-ci et attendit un instant. Une voix se fit entendre :

— Pourquoi vous restez là ? Vous avez une question ?

— Euh… Non. Et sans plus attendre, le chef repartit de là où il venait, la deuxième feuille entre les mains et son devoir accompli.

Il fit le même chemin arrière pour retourner à son bureau, et eut encore un frisson lorsqu'il arriva près de la porte du Maître. Heureusement il n'avait pas l'air d'être là. Il fallait bien qu'il s'occupe de ses guerriers lui aussi.

De nouveau dans sa cellule luxueuse, l'homme s'assit à son bureau et réfléchit, il n'avait rien d'autre à faire de toute façon. Il observa les alentours, quelques papiers étaient accrochés au mur avec du scotch. Deux meubles peu imposants se tenaient dans la pièce. Numéro 2 commença par ouvrir les tiroirs du bureau, il tira le premier et vit des feuilles à compléter, tout comme il l'avait aperçu chez son collègue. Dans le deuxième tiroir étaient disposées des petites fioles pour effacer le numéro des guerriers, et le baume de couleur pour en inscrire un nouveau. Enfin dans le dernier tiroir se trouvait un autre masque, le même que le chef avait sur le visage. Cela devait en être un de remplacement au cas où le premier se déchirerait.

Il n'y avait vraiment rien d'intéressant, le peu de choses qui était dans l'appartement ne donnait aucune distraction. L'homme derrière son masque se demanda ce qu'il pouvait bien faire toute la journée lorsqu'il n'était pas avec ses soldats.

La réponse semblait claire : rien. C'était surement la raison pour laquelle les chefs aimaient faire souffrir les combattants ; c'était leur seule source de distraction.

Numéro 2 pensait que devenir chef lui donnerait des responsabilités, mais au contraire de ses attentes, il resta ainsi à penser à quoi faire de sa journée. Sa garde était dans dix-huit jours, il allait devoir patienter jusque-là sans broncher. Il se répétait en même temps les mots que l'autre chef lui avait appris pour ne jamais les oublier. Et puisqu'il avait la feuille sous les yeux, il en décortiquait toutes les sonorités des syllabes. Il passa la journée à épier cette feuille pour la connaître par cœur et pouvoir utiliser les sonorités des syllabes pour lire d'autres choses. Et ainsi, avec un peu d'entrainement peut-être arriverait-il à lire des feuilles plus importantes, voire même les archives qui apparemment gardaient précieusement le secret de son pouvoir. Il lut encore et encore la cinquantaine de mots inscrits sur sa feuille, répétant la prononciation qu'il avait entendue, associant ces lettres aux mots dans sa tête. Il fit ainsi encore et encore, jusqu'à en avoir mal au crâne, mais ne s'arrêta pas de la journée. Il ne prêta pas attention à ses repas qui arrivèrent comme par magie sur son bureau. Sa nouvelle vie n'était pas si difficile en fin de compte, le plus dur était passé.

Chapitre 8 : Une source de savoir

Tandis que le Numéro 2 apprenait à lire sans décrocher, il fut surpris de voir à quelle vitesse il pouvait se souvenir des mots sans avoir l'aide de la feuille. Il y passa un temps considérable pour la cinquantaine de mots, mais il n'avait pas mieux à faire. Après trois jours, il ne faisait plus rien. L'homme se récitait la leçon quelques fois dans la journée, mais la passait aussi à penser à comment s'échapper ou tirer son frère des griffes du Maître. Les jours étaient longs et sans fin. Il savait seulement qu'il allait devoir retourner s'occuper des soldats dans les quatre jours puis douze.
Les nuits vinrent encore et les jours passèrent. Le matin du septième jour, il fut réveillé par une sonnerie un peu différente de son habitude et il supposa qu'elle indiquait sa mission avec les soldats. Sans faire d'histoire, il alla au niveau des cellules de ses gens puis leur ouvrit, en imitant exactement les gestes des chefs qu'il avait toujours connus. Il ne fit pas d'histoire et donna quelques punitions dans sa journée de travail, pour ne pas paraître louche. Une journée banale qu'il fut content de terminer. Il fit de même le jour suivant, droit et sérieux comme un chef et finit par rendre le compte rendu au guichet prévu à cet effet. Il ne se posait plus aucune question, il regardait le tableau dans les couloirs et allait vers les salles indiquées avec son groupe. Son nouveau poste était presque la routine habituelle, comme s'il avait toujours fait ce job. Une semaine passa encore. Elle fut longue et sans saveur. Le chef s'était accommodé de ses nouvelles fonctions et n'avait plus aucun challenge. Il termina encore ses deux jours avec les soldats et continua sa routine. Heureusement un évènement venait casser ses habitudes, son tour de garde allait pouvoir commencer. Le réveil sonna encore d'une façon différente, et Numéro 2 prenait soin de la retenir pour la prochaine relève. Il attrapa ses affaires de quelques

gestes rapides et les enfila tout en passant dans la pièce d'à côté. Il mangea son petit déjeuner au lance-pierre avant d'ouvrir la porte et se diriger dans les couloirs de l'établissement. Le chef avança et dépassa la porte du Maître en sentant encore un petit frisson, comme à chaque fois. Il continua son chemin et s'engouffra sur la gauche dans un autre couloir, pour prendre la première à droite comme lui avait indiqué le chef numéro 4... Celui-ci était aussi long que le couloir vers les bureaux des chefs. Il marcha ainsi pendant quelques longues minutes, tout seul, et sans vraiment penser à quoi que ce soit, quoiqu'un peu enthousiaste à l'idée de voir une nouvelle pièce de l'établissement. Il arriva au fond du couloir. C'était encore un cul-de-sac, mais cette fois avec une échelle plantée à 90° qui montait jusqu'à perte de vue. Numéro 2 se plaça aux pieds de ce celle-ci et jeta un coup d'œil vers le haut pour tenter d'en voir le bout en vain.

Il prit alors une grande inspiration, et attrapa les premiers barreaux de l'échelle pour l'escalader. Un pas après l'autre, toujours en rythme, il ne s'attarda pas dans le petit tunnel. Le chef à moitié dans les airs n'avait aucune peur, et surtout pas du vide, il continuait donc son chemin, regardant vers le haut, et jetant parfois un regard en bas, sans se décourager. Plusieurs paquets de minutes plus tard, il aperçut un point qui se rapprochait peu à peu. Ce petit rond pourtant sombre, dégageait plus de lumière qu'il n'y en avait dans l'établissement du dessous. L'homme continua de passer de marche en marche et aperçut quelques points blancs se démarquer là-haut. Toujours sans aucune pensée, le chef avait repris son esprit de soldat combatif, et ne s'attardait plus à réfléchir. Malgré sa discipline et sa volonté, il commençait à sentir ses jambes forcer de plus en plus pour grimper. En haut, tandis que le rond sombre s'élargissait, de plus en plus de points blancs se laissaient découvrir sur celui-ci.

Il allait arriver en quelques enjambées. Le nouvel endroit était très proche et Numéro 2 pouvait le sentir, il pouvait respirer un air plus

frais que dans les bas-fonds. Il attrapa la dernière barre de l'échelle et passa la tête en premier pour voir ce qui l'attendait. L'air était pur ici, il pouvait ressentir très largement la différence. En tournant la tête à droite puis à gauche, il aperçut un chef assis sur un fauteuil, se basculant lentement sur les deux pieds arrière de la grosse chaise. Il avait le regard pointé vers l'horizon. Celui-ci avait entendu l'autre monter à cause du bruit des pas sur les barreaux de l'échelle. Il tourna la tête en laissant transparaître les trois barres orange de son masque.
— Bien. Rien à signaler pour aujourd'hui. Ne prenez pas trop d'eau, il n'y en a plus beaucoup, et il reste encore le myriarque.
Le nom de « myriarque » que le numéro 3 venait de citer était un titre honorifique définissant son supérieur hiérarchique, et bras droit du plus haut gradé de tous. Un myriarque, dans les instructions que les soldats avaient reçues lors des entrainements, était un chef aux commandes d'une armée de dix-mille hommes. Ce titre gratifiait par la même occasion les soldats inférieurs, car cela voulait bien dire que toutes les personnes étant inférieures au rang du myriarque possédaient la force d'une dizaine de milliers d'hommes.
L'entrainement intensif des soldats devait forcément avoir des points positifs pour en être arrivé à de la torture quotidienne.
C'est du moins la signification que les soldats se faisaient du titre du supérieur. Ce nom faisait partie d'un des cinq qui avaient fondé l'établissement.
Numéro 2 n'ajouta rien et monta encore un peu pour atteindre le rebord et grimper d'un coup. L'autre chef ne parla pas plus et se leva de sa grande chaise pour retourner vers l'échelle. Il pendit un pied dans les airs et s'appuya sur le dernier barreau avant de descendre tranquillement vers les quartiers inférieurs. Le numéro 2 était désormais seul. Il prit une bonne inspiration et regarda les alentours avec admiration. C'était sa toute première visite de l'extérieur du bâtiment. Il était fait d'une structure en métal, qui n'était pas

beaucoup plus belle que les locaux d'en bas, mais qui laissait un bon espace pour se déplacer.

L'homme partit sur le côté de la tour, et passa la tête vers l'extérieur pour mieux regarder le ciel. Les petits points qu'il avait observés pendant sa montée étaient les étoiles qui laissaient passer leur lumière au travers du drap sombre du ciel. C'était magnifique et le chef ne vrillait pas des yeux pour en extraire tout le tableau.

Numéro 2 n'avait jamais vu pareil spectacle et n'en avait jamais entendu parler. Il se tint encore quelques minutes pour regarder ce superbe tableau que la lune alimentait.

Après s'être rassasié de la vue dans les airs, il jeta son regard vers l'horizon pour admirer le paysage. Il y avait au loin sur sa gauche de grandes montagnes rocheuses. Ces cailloux qui paraissaient coupants ne donnaient pas envie, c'était un endroit très peu chaleureux. En face, il ne pouvait voir qu'une grande étendue de sable avec des dunes. Tout était désert jusqu'à perte de vue. Enfin, sur sa droite, le chef avait l'impression d'apercevoir une bâtisse, ou plusieurs petites. Quelque chose qui ressemblait à des maisons, mais il n'était pas certain de ceci, car la lune ne donnait pas assez de lumière pour en distinguer les formes.

Tout semblait magique aux alentours de la tour dans laquelle se trouvait le personnage. Il n'avait jamais rien vu d'aussi grand et d'aussi spectaculaire que le monde extérieur. Bien qu'il n'en ait analysé qu'une infime parcelle, cela renforça son désir de partir d'ici pour de bon et de vagabonder dans les terres. L'homme repassa la tête par-dessus la rambarde, mais cette fois regarda vers le bas. Il n'avait pas peur de la hauteur, mais le bâtiment sur lequel il se trouvait devait surement faire quelques centaines de mètres. Il recula donc une jambe et prit une posture très stable pour éviter de tomber. Une chute comme celle-là serait longue et fatale pour n'importe qui.

La paroi du bâtiment était lisse à l'extérieur, il n'y avait presque rien pour s'accrocher, à part quelques boulons par-ci par-là, inutile d'imaginer une escapade par ici. Il fit alors le tour de l'endroit, regardant le sol, la tête par-dessus la rambarde. Pas un seul moyen de s'échapper. Cet endroit était extrêmement bien conçu. Il ne laissait même pas l'idée de partir apparaître aux yeux de ceux qui avaient atteint le grade pour venir à cet endroit.

— Bon alors on devra faire autrement. Se dit le chef à travers son masque.

Il repensa à ce que l'autre personnage lui avait dit un peu avant et regarda vers le siège dans lequel il était assis. Il y avait une bassine, aussi faite de métal, dans laquelle de l'eau était placée.

Cela faisait bien longtemps que Numéro 2 n'avait pas bu d'eau, en dehors de ses repas atroces qui n'avaient aucun goût. Il partit alors pour s'asseoir dans le siège en bois, et attrapa la louche qui était posée dans la marmite. Il n'en restait effectivement plus beaucoup. Il ne but alors qu'une petite gorgée, pour se laisser la satisfaction d'en avoir encore à avaler durant sa ronde.

C'était excellent. L'eau fraîche et claire qu'il venait de boire n'avait rien à voir avec celle stagnante trouvée dans les quartiers inférieurs. Il hésita à en reprendre, mais il savait que s'était déraisonnable, il reposa finalement la louche et s'assit confortablement dans le fauteuil incommode.

Le spectacle qu'il pouvait observer en face lui allait à ravir. Le chef était extrêmement heureux, son état d'esprit était clair et joyeux. Il décida d'enlever les vêtements qui cachaient son visage, pour pouvoir respirer sans filtre un peu de l'air qui l'entourait.

Aussitôt fait, le jeune chef prit une bonne inspiration, cependant elle ne lui rassasiât pas les poumons. L'air était assez incommode à absorber, comme trop épais. Et à cet instant, il comprit que le masque ne faisait pas que cacher son visage, mais qu'il filtrait et transformait l'air. Quand sa face fut de nouveau cachée, Numéro 2 s'assit encore tranquillement dans son fauteuil, regardant l'horizon, pour voir si aucun « ennemi » n'arrivait, même s'il ne savait pas à quoi ceux-là pouvaient ressembler. Il regarda ainsi de gauche à droite, puis de droite à gauche, sans broncher, pendant un long moment.

Le nouveau poste auquel il avait été assigné lui allait à merveille, il avait assez vu de combat dans sa vie, un peu de repos ne lui faisait pas de mal.

Numéro 2 repensa à son frère qui était passé dans la couleur jaune. En à peine un mois, il avait changé du tout au tout, tandis qu'il était resté un frère et un ami fidèle pendant toutes ces années. Qu'est-ce que le Maître de l'établissement pouvait bien faire à ses subordonnés pour leur briser le moral et les soumettre à ce point ? N'était-il pas humain ? Par un concours de circonstances, le numéro 2 des chefs du groupe orange n'était jamais passé dans l'équipe de ce tyran et ne voulait pour rien au monde y avoir accès. Le personnage battu depuis des années devait surement être « chanceux ».

Le chef passa donc la journée à observer les alentours. Regarder la lune se coucher, le soleil se lever, les nuages se dissiper et le sable s'envoler. Tout ça était un travail fait sur mesure pour le nouveau chef. L'air calme et paisible et la nature que l'homme connaissait peu lui donnaient envie d'en découvrir davantage. Cependant, il ne voyait aucun signe de vie. Il n'y avait pas d'animaux, pas une seule bête rampante au sol, pas un animal volant dans les airs. L'air peu revigorant qui circulait dans les alentours devait avoir empêché toute forme de vie de se pérenniser.

Puisque le soleil était présent sur toute la plaine ensablée, il commençait à faire bien chaud, mais le soldat, encore habitué à endurer des conditions extrêmes, ne se plaignait pas derrière son armure noire. Il restait focalisé sur le paysage, sur chaque parcelle de terrain qu'il pouvait voir.

Sur sa droite se trouvaient toujours les genres de bâtisses. Puisque la luminosité avait augmenté, le chef pouvait mieux les voir.
Ces bâtiments n'avaient rien à voir avec la structure métallique qu'il avait toujours connue. Les matériaux utilisés pour construire ces « maisons » qui avaient l'air en ruine étaient inconnu par le chef. Il allait surement pouvoir trouver des informations dans les documents des archives. Tout cela n'était qu'une question de temps. La journée passa bien plus vite que n'importe quelle autre.
L'admiration que l'homme avait pour le monde extérieur lui faisait perdre toute notion du temps. Le soleil progressait vite dans le ciel tandis que l'humain fixait l'horizon en le décortiquant. Pas un seul petit fragment de terre n'échappait à la vision de l'homme qui se tenait prêt à avertir les troupes en cas de mouvement ennemi. Mais ce jour-là, aucun déplacement suspect ne se fit. Il n'y eut pas un chat laissant ses traces sur le sable. Tout comme les autres jours d'ailleurs, car les quartiers inférieurs n'avaient jamais été bousculés sous prétexte qu'un ennemi faisait surface.
La lune vint à nouveau remplacer le soleil dans le ciel, la journée touchait à sa fin, mais la ronde du chef n'était pas encore finie. Il lui fallait maintenant attendre le myriarque qui allait le remplacer sur la tour de garde et cela lui donnait encore une occasion de profiter du paysage. Il attendit sans broncher, calmement dans son fauteuil. Les minutes passèrent rapidement, et les heures aussi. Bientôt, il entendit les pas de son supérieur grimper sur les barreaux de l'échelle. Celui-ci passa la tête au-dessus de l'échelle et sans regarder Numéro 2, il partit à ses côtés.
— Il n'y a rien à signaler pour aujourd'hui. Annonça le moins haut gradé des deux.
L'autre lui fit signe de la tête sans répondre, sur ce geste Numéro 2 se leva et partit pour attraper l'échelle qui redescendait vers la structure de métal. Il dégageait une aura joyeuse. Il était heureux d'avoir vu le

monde extérieur, il souriait au travers de son masque. Ce sentiment, bien plus satisfaisant que la colère qu'il avait toujours connue le rendait plus fort, dans son esprit du moins. Il avait l'impression de se sentir invincible, d'avoir un but pour son futur, c'est pourquoi il était si enthousiaste à l'idée de redescendre dans les quartiers inférieurs.
Il était si heureux qu'il ne posa pas les pieds sur les barreaux de l'échelle, mais il se laissa glisser en tombant, serrant plus ou moins les barres pour ralentir ou accélérer. Il arriva très vite en bas de l'échelle, et fit demi-tour pour repartir vers le couloir des bureaux. Il savait désormais à peu près ce qu'il allait devoir emprunter aux archives s'il pouvait en lire l'intitulé. Mais pour ça, il fallait deviner où ces archives se trouvaient. Aussitôt les portes des bureaux trouvées, il se dirigea, vers celle du chef numéro 4 du groupe orange. Il ouvrit sans frapper et demanda d'une voix forte :
— Où sont les archives ?
— Au fond, à gauche, puis la deuxième à gauche, puis la cinquième à droite, vous allez retenir ? J'espère que votre mémoire va revenir vite.
— Merci. Répondit-il simplement.
Le chef partit alors dans le couloir, comme lui avait indiqué l'autre, et fit le chemin inverse pour aller trouver les archives. Bien qu'il ne sache pas lire aussi bien que les autres, il fallait quand même qu'il récupère des informations. Passer ses journées à glaner n'était pas le meilleur moyen de sortir. C'est après avoir tourné à gauche une première fois, puis à la deuxième à gauche et enfin la cinquième à droite, que Numéro 2 arriva à une porte en métal. Elle était banale, et il n'y avait aucune inscription au-dessus ou à côté de celle-ci. Il tourna la poignée et entra sans attendre.
À peine arrivé à l'intérieur de la salle, il vit des montagnes de documents, dans tous les sens. Il y avait des piles de papiers aussi grandes que la hauteur de la pièce, on ne pouvait pas en connaître le nombre. Et c'était sans compter le rangement archaïque de celles-ci. Il

y avait du papier à gauche, à droite, en haut, en bas, étalé sur le sol, accroché sur les murs, c'était un vrai foutoir. Le chef entendit un son venir vers lui, un bruit sourd qui résonnait dans la pièce, à travers les colonnes de feuilles. Le bruit était de plus en plus proche. Soudain surgit une chaise à roulette. Sur celle-ci, il y avait un être très étrange, il était humanoïde, mais n'avait rien de similaire avec les autres personnages de la bâtisse. Il faisait à peine un mètre de haut, maigrelet, avec un teint gris pâle et un sourire à faire fuir les maladies.

— Je peux faire quelque chose pour vous chef ? demanda la bête d'un air assez pressé.

— Oui, répondit Numéro 2. Je cherche des infos sur les montagnes extérieures, les bâtiments qui se trouvent en face à quelques dizaines de kilomètres, et sur la géomégalie.

— Oh je vois, la géomégalie ! Mais je n'ai pas plus d'informations que la dernière fois, il me semble que c'était il y a deux ans c'est ça ? Bon, il faudra vous en contenter.

— Ça ne fait rien, répondit l'autre.

Et ainsi l'être grisâtre donna un grand coup de ses jambes pour faire rouler la chaise dans les couloirs de papiers. Il faisait un boucan du diable avec ses roulettes en métal, mais il avait l'air de connaître l'endroit comme sa poche. Il attrapa quelques piles de feuilles pour les déplacer et récupérer ce qui l'intéressait en dessous. Une méthode pour classer les documents devait être appliquée, mais cela ne sautait pas aux yeux.

— Voilà ! Ça, c'est trouvé, dit la bête en tendant une petite pile de feuilles vers le chef. Restent encore les montagnes… et le village d'Omigi.

Et il repartit avec sa chaise à roulettes pour d'autres allées pleines de feuilles. Le chef qui avait été dompté pour ne pas poser de questions et parler le moins possible, se tenait droit comme un piquet et ne disait rien. Mais il ne pouvait pas s'empêcher de penser que c'était le

désordre absolu dans cette pièce. Mieux valait ne pas attirer l'attention, mais tout de même, un petit nettoyage n'aurait pas été du luxe. Après une minute d'attente, le personnage revint à l'assaut avec cette fois, une immense pile de feuilles presque collées les unes aux autres. Le chef se demanda comment une bête aussi frêle pouvait tenir un fardeau comme celui-ci. Bref, il récupéra la pile et fit demi-tour pour trouver la porte.
— Merci !
— De rien chef ! Bonne lecture.
Ce personnage, au contraire de tous les autres dans la bâtisse, agissait comme si la vie était belle, il avait l'air plutôt heureux dans sa cage de métal. Un personnage pas comme les autres, dans un environnement pas comme les autres ne pouvait donner que des réactions pas comme les autres. Numéro 2 repartait donc avec un amas de feuilles à scruter et de potentielles informations précieuses. C'était presque trop facile de soutirer des informations lorsqu'on était chef. Lui aussi trouvait la vie plus belle. Il tenait ses papiers du bout des bras vers le bas, car la pile était si grande qu'il n'aurait pas pu voir l'endroit où il marchait s'il ne se tenait pas ainsi. Il entendit soudain des pas marcher en sa direction. Cela rompit ses pensées et il eut instinctivement l'idée de se cacher.
— Si je me cache, ça fera suspect…
Il prit une posture normale et marcha vers le fond du couloir. C'est à cet instant qu'il croisa le premier chef du groupe vert qui regarda l'immense pile que l'autre avait dans ses mains.
— Qu'est-ce que c'est que tout ça ? demanda le chef vert.
Numéro 2 gloussa et répondit : —Des informations sur les montagnes et le village d'Omigi. (Il pensa à cet instant qu'il avait bien fait d'écouter un tant soit peu la créature étrange. Il était un peu plus crédible)

— Je le vois bien que c'est pour bouquiner tout ça. Vous n'avez rien d'autre à faire ? Continua le chef vert d'un ton clairement méprisant.
— Excusez-moi, je me dépêcherais de revenir aux affaires de l'établissement.
— Je préfère.
En disant cela, le chef vert se pencha sa tête vers l'autre, fixant la pile de papiers puis son visage. Après quelques longues secondes d'attente, le chef vert repartit sans dire un mot.
Numéro 2 fut soulagé, il venait de croiser un de ses supérieurs, un autre des cinq premiers chefs, le chiliarque de l'établissement.
Une fois arrivé à sa porte, il l'ouvrit comme il put et posa la pile de feuilles sur son bureau. Il s'assit sur la chaise et regarda en face. Cette immense tour ne donnait pas envie de s'y attaquer du tout, mais il le fit quand même. Il attrapa quelques feuilles qui dépassaient et commença sa lecture. Son esprit un peu maniaque voulait la tour de papier droite comme un i, il tira alors les papiers les moins bien rangés. À côté de la pile, il avait posé la feuille rédigée par le quatrième chef de son groupe, celle qui lui permettrait de se débrouiller avec les syllabes. Mais il n'en avait plus besoin. L'homme qui connaissait alors la sonorité des lettres lorsqu'elles étaient disposées les unes à côté des autres se mit à lire lentement les documents sur le village d'Omigi. De plus, il connaissait l'alphabet auparavant, alors l'épreuve ne fut plus aussi dure. Cela couplé au langage oral qu'il connaissait lui permettait d'avoir un résultat convenable. Il était tout de même impressionnant de voir à quel point l'homme avait pu apprendre rapidement la langue écrite. Sa détermination jouait un rôle crucial dans son apprentissage.
Le chef était lent, mais pas tant pour quelqu'un qui n'avait jamais lu. Il passa quelques minutes à épier les feuilles qui renseignaient des dates, des évènements et les anciennes coutumes des habitants du village. Le chef en eut assez de regarder ce genre de papier et il fouilla

dans la pile pour trouver ce qu'il voulait vraiment. Il attrapa une feuille nommée « L'origine de la Géomégalie ». Voilà qui était beaucoup plus intéressant pour le moment. Il tira alors le petit tas de feuilles et lut à son rythme en prenant le temps de décomposer les mots pour les associer à ceux qu'il connaissait à l'oral. Chaque mot découvert permettait de renforcer ses connaissances sur les sonorités de la langue en général. Les minutes passèrent, puis les heures. La journée avançait rapidement, mais l'homme ne s'en souciait plus, il était plongé dans ses feuilles. Il trouvait parfois un repas sur le coin de sa table qu'il mangeait pendant qu'il dévorait sa lecture.

Numéro 2 découvrit soudainement que la géomégalie était un accroissement anormal de la terre qui s'enveloppait du corps de certains humains ou de certaines lignées de familles. Celle-ci ne pouvait pas être créée artificiellement après les essais cliniques de centaines de professionnels. Cette géomégalie était éveillée par un sentiment de rage et favorisée par un environnement menaçant et stressant. Certains maîtres de guerre disaient l'avoir éveillée grâce à une cultivation régulière du sentiment de colère.

Cette information était extrêmement importante, car elle donnait la raison pour laquelle l'organisation et ses locaux désagréables existaient.

Lorsqu'un « porteur » de cette géomégalie était « éveillé », il pouvait s'améliorer en ressentant plus d'émotions. La colère, la plus dangereuse, permettait de décupler la force du sujet. C'était cette émotion en particulier que le Maître de l'établissement devait chercher pour créer une armée de soldats invincibles et soumis. La raison était encore assez floue, mais faisait son chemin. Un peu plus loin dans les écritures, étaient décrites des émotions que Numéro 2 ne connaissait pas. L'« amour » apportait à la géomégalie un désir profond de survivre, et la rendait elle et son porteur aussi résistant que le diamant. Ce passage n'allait surement pas être appliqué par le groupe de chef. Cultiver l'amour dans un endroit pareil, ça n'aurait pas été permit, mais Numéro 2 n'en avait aucune idée, il ne connaissait pas ce sentiment ou même ce mot. Le jeune chef n'en était surement pas conscient, mais la géomégalie qu'il portait en lui savait qu'il éprouvait une forme d'amour pour quelqu'un. C'est elle qui l'avait relevé après être battu par le chef duquel il avait pris la place. C'est elle qui lui avait donné la force de se remettre d'un coup mortel envoyé par le Maître.

Une troisième émotion était la « peur ». Celle-ci n'était pas non plus cultivée par l'établissement, car les soldats étaient entrainés à ne laisser transparaître aucune peur, et pouvoir défaire n'importe quel problème. Cette émotion rendait le porteur de la géomégalie plus rapide. Car la peur pouvait motiver la course vers un endroit plus sûr.

Il restait encore les émotions de la tristesse qui avait des effets inconnus à ce jour disaient les archives.

Chapitre 9 : Retour en selle

Tout ce que le personnage avait lu, il le retenait, il ne voulait pas perdre une miette de tout cela et prenait bien soin d'imaginer les scénarios dans sa tête pour les maintenir dedans.

Après avoir passé la journée à bouquiner, Numéro 2 sentit la fatigue tomber, et il alla se coucher sans faire d'histoire. Il scruta toutes les écritures le jour suivant et celui d'après, pour enfin recommencer son entrainement avec les soldats.

Il se réveilla comme les jours précédents, s'habilla, mangea sa soupe et partit cette fois de l'autre côté du couloir, pour rejoindre son équipe. Il devenait bon à être chef, il faisait son travail à merveille. Numéro 2 ouvrit les portes de tous les soldats et ceux-là le suivirent en marchant en rythme. Il ouvrit la dernière porte, dans laquelle se trouvait le Khan du groupe. La cellule n'était plus vide, l'ancienne numéro 4 du groupe avait été promue au rang de Khan, et un nouveau des groupes inférieurs avait été promu directement à sa place, un changement peu banal, mais pas exceptionnel.

Numéro 2 s'avança vers les tableaux qu'il connaissait déjà et regarda l'ordre du jour. Il partit pour le premier lieu dans lequel les soldats allaient s'entrainer. Cette matinée allait être simple, entrainement à la lance. Les soldats et leur chef avancèrent dans les couloirs et arrivèrent à destination.

— Bien, mettez-vous par binôme, et entrainez-vous de la façon que vous voulez. Dit le chef à ses subordonnés.

Le numéro 4 du groupe était un peu étonné de voir le comportement non agressif de son nouveau chef. Il fut le seul à y prêter attention. Les autres savaient déjà qui se cachait derrière le masque. Tous exécutèrent les exercices que celui-ci leur donnait, et ils ne reçurent aucune vraie sanction pour leurs mouvements incorrects, aucun coup

de fouet pour des coups non réussis, et aucun coup de poing pour leur « manque de respect ». Les soldats avaient l'air plutôt contents de l'ambiance dans laquelle ils étaient en train de travailler et trouvaient plus agréable de ne pas se faire fracasser les os au moindre mouvement suspect. Cependant, le numéro 4 qui n'avait peut-être pas été mis là par hasard s'arrêta de travailler et dit à son supérieur :
— Pourquoi ne faites-vous pas votre travail ? J'ai effectué de mauvais mouvements, ils n'étaient pas aussi bien réalisés que dans nos entrainements antérieurs, et vous n'avez rien dit.
— Je n'ai pas le moral de te tabasser pour si peu. J'ai été réprimandé pour avoir frappé un subordonné, et je ne préfère pas refaire la même erreur. Et ici c'est moi qui pose les questions d'accord ? Répondit le chef d'un ton sec.
— Oh ! vous n'avez pas le moral ? Mais n'êtes-vous pas chef ? Vous avez un devoir à effectuer envers nous.
À cet instant Numéro 2 avait deux choix, laisser couler et passer pour quelqu'un qui n'est pas chef, ou bien une seconde option qu'il préféra exécuter. Il s'avança donc vers le personnage, attrapa sa lance, et lui planta dans le pied. Celui-ci ne bougea pas d'un pouce. Les traits de son visage étaient tirés, il ressentait la douleur, mais ne voulait absolument pas la laisser parler pour lui. Le chef lui envoya un crochet du droit que le soldat ne tenta pas d'esquiver.
— C'est moi qui commande ici. Toi tu exécutes. Dit-il d'une voix grave et calme.
L'autre soldat, la tête en bas, ne répliqua rien. Il attrapa la lance coincée dans son pied nu et la tira d'un seul coup sans un bruit.
— Bien, reprenons, mais cette fois, donnez-vous à fond ! Vous pourrez remercier votre collègue un peu plus tard. Je ne veux voir aucun soldat traîner de la patte.
Le chef du groupe venait de s'affirmer devant le nouveau. C'était plus prudent de faire ainsi, cela aurait été suspect de laisser passer son

comportement. Les heures passèrent et il fut bientôt l'heure de changer de salle. Le chef fit alors signe à tout le monde de le suivre vers des salles de courses où la suite les attendait. Ce fut une journée banale finalement, les soldats suivaient les ordres, le chef se pavanait en les regardant se démener. Le rôle des chefs était presque aussi limité que celui des soldats. Ils étaient obligés de réprimander les sous-fifres, tout en faisant des rapports, et ils ne devaient surtout rien laisser passer pour rendre les cobayes colériques. C'était ça, où le Maître se chargeait personnellement de redonner un comportement exemplaire aux chefs. À chacun ses problèmes.

L'entrainement se termina assez rapidement et les soldats furent emmenés de nouveau dans leur chambre. La plupart sans une égratignure, mais le numéro 4 un peu plus amoché. Numéro 2 qui avait réfléchi pendant cette journée eut un petit élan de courage et l'additionna avec une idée qui lui passait par la tête. Il décida de se diriger vers les appartements des chefs. Il traversa le couloir entier et s'arrêta devant la porte du Maître. Sans réfléchir, il ouvrit la porte pour voir la personne au sourire jaune qui se tenait là.

— Le nouveau du groupe orange n'est pas porteur de la géomégalie ? Parce qu'il a été d'un terrible affront aujourd'hui, et je ne voudrais pas commettre deux fois la même erreur.

Un petit silence eut lieu, Numéro 2 était sur le point de glousser, faisant brûler toute la confiance qu'il avait prise les quelques minutes précédentes. Mais le Maître eut un petit sourire et lui dit.

— Non, faites ce que vous avez à faire, mais ne le tuez pas celui-ci.

Et sur ces paroles, le chef numéro 2 du groupe orange se retourna et ferma la porte derrière lui. En faisant ceci, il venait de renforcer l'idée qu'il n'était pas un usurpateur de chef, car il avait le courage de parler au Maître, même après s'être fait réprimander. Cela montrait aussi son attention à ses faits et gestes dans l'établissement.

Le soldat sous la capuche était bien plus intelligent qu'il n'en avait l'air. Si les chefs l'avaient laissé parler durant toutes les années qu'il avait passées dans cet horrible endroit, peut-être aurait-il été d'une grande aide à l'organisation. Mais à ce jour, il était trop tard. Trop tard pour s'accommoder avec les chefs et leur hiérarchie, trop tard pour se soumettre à un Maître inhumain. C'est pourquoi il devait gagner la confiance de chacun et les détruire, y compris le numéro 1. Numéro 2 retourna dans son bureau et s'assit en face de la table, puis continua de lire les archives encore empilées sur sa table. Les informations cette fois étaient beaucoup moins intéressantes. Elles parlaient de tests réalisés en vue de trouver des porteurs de géomégalie, des épreuves endurées par les cobayes et leurs origines. Cependant les conclusions des tests montraient que les seuls cas de géomégalie furent obtenus dans des climats secs, arides, dans les déserts. L'édifice avait été bâti à cet endroit pour cette raison.

Il lut encore une bonne partie des archives sans trouver grand-chose d'utile. Après tout, il n'y avait peut-être pas eu beaucoup de « porteurs » sur cette terre. Il n'y avait plus d'informations sur ce sujet et le chef dut passer à une autre lecture. Il n'avait alors appris que quelques petits indices supplémentaires. D'une part, qu'il fallait attendre un moment avant de voir ses véritables capacités s'éveiller, et d'autre part, que les émotions qu'il n'avait jamais connues lui permettraient de devenir plus puissant.

Combien y avait-il de personnes comme lui ? Pourquoi les autres cherchaient-ils à ce point à en trouver ? Et comment se faisait-il que les chefs sussent l'existence de la géomégalie pour lui ?

Il y avait une dernière feuille que Numéro 2 n'avait pas vue, mais quand il fit un mouvement de son bras, la feuille virevolta un instant avant de tomber sur le sol. L'homme jeta un coup d'œil à cette feuille qui l'appelait et l'attrapa. Ce fut encore assez long pour qu'il la déchiffre, mais quand il y parvint, il apprit quelque chose d'à la fois bon, et extrêmement mauvais.

« Les porteurs de la géomégalie sont extrêmement rares, mais dans une même famille, on trouve très facilement plusieurs porteurs de ce don. Cependant cela s'arrête au premier niveau, les enfants des porteurs n'auront pas plus de chance d'en devenir que les autres. Mais lorsqu'une femme met au monde un porteur, elle a de grandes chances d'en donner un deuxième. C'est pourquoi il est préférable d'avoir plusieurs personnes d'une même famille pour avoir une chance d'obtenir plus de résultats. »
— Merde... C'est un porteur lui aussi, se dit Numéro 2.
Le chef repensa à son frère qui avait obtenu la place de Khan dans le groupe du Maître. Il comprit aussitôt que les chefs connaissaient l'existence de la géomégalie en lui, car son frère devait l'avoir dévoilée. Cela devait aussi être la raison de sa soudaine montée en grade pour la première place de son groupe. Avec un pouvoir comme décrit dans les archives, pas étonnant que le Maître veuille en faire un bras droit. Il fallait absolument trouver un moyen pour Numéro 2 de ramener son frère et ne surtout pas se battre contre lui. Le chef au sourire, qui avait l'air de connaître parfaitement les informations sur la géomégalie, avait les moyens de cultiver un tel pouvoir. Numéro 2 allait devoir mettre en place un nouveau plan pour sortir son frère de ce pétrin, avant qu'il ne se transforme en machine à tuer, incapable de penser par elle-même.
La fatigue se fit sentir pour le chef, et il partit se coucher comme pour les autres jours. Il dormit aussi bien que possible et entama sa seconde journée avec le groupe de guerriers.
Un problème s'imposait. Le numéro 4 de son groupe n'avait pas l'air de quelqu'un digne de confiance. C'était une bonne chose pour les autres chefs qui pouvaient avoir des informations sur les actions du

numéro 2, mais une mauvaise chose pour celui-ci qui n'allait pas pouvoir parler d'un plan d'évasion à tous ses soldats.

Il n'y réfléchit pas plus longtemps et emmena les soldats dans les salles de tir. Chacun attrapa un arc et le chef aussi. Il voulait participer à l'entrainement de ce jour et donna l'ordre de démarrer sans lui envoyer de flèches, auquel cas il sanctionnerait sévèrement. Toute l'équipe en mouvement commença à tirer des flèches dans la pièce. Au fur et à mesure que Numéro 2 se rapprochait de ses subordonnés, il leur donnait des indications à ne pas répéter. Il leur donnait quelques détails sur les dates et les lieux d'évasion possibles. Chacun écoutait attentivement. Cependant le numéro 4 du groupe, trop occupé à envoyer des flèches et à en ramasser, ne voyait pas ce que son chef était en train de faire. Il prenait ses mouvements comme des instructions banales. De son côté, Numéro 2 ne donnait pas beaucoup d'indications au soldat. Il annonça à chacun que d'ici deux mois il aurait besoin d'eux et qu'ils pourraient s'armer en passant dans son bureau quand il leur dirait.

La journée passa rapidement et il n'y eut pas d'accrochage avec l'insubordonné de la veille, et donc aucun reproche fait de la part du chef. Celui-ci, assez fier de sa journée avec l'équipe, les ramena vers leur chambre et ferma chaque porte avant de faire son rapport. Numéro 2 écrit alors les quelques égratignures que ses soldats subirent et leurs chutes. Il en mit un peu plus que la réalité pour faire assez coriace. Les autres chefs n'allaient de toute façon pas vérifier chaque bleu des soldats. Une fois la feuille remplie, l'homme sortit de son bureau et l'amena au secrétariat comme il l'avait fait précédemment. Le chef fit un détour et au lieu de rentrer directement dans ses quartiers, il partit pour une salle d'arme au sabre, et il en cacha deux à sa ceinture, sous sa cape. Il n'avait plus qu'à répéter ses actions encore et encore, pour avoir le bon compte d'épée pour son groupe.

Chapitre 10 : l'agneau dans la peau du loup

Durant les jours qui suivirent, le chef numéro 2 reprit l'entrainement en solitaire, il ne pouvait pas se laisser aller. Il fit des exercices physiques, les mêmes qu'il effectuait lorsqu'il était à des rangs inférieurs. Il lisait encore les archives, mais plus rapidement cette fois. La lecture du personnage devenait bonne, très bonne. Il faisait toujours quelques erreurs, mais finissait par trouver le sens des phrases. Il se dépêchait de tout regarder pour rendre ses feuilles à la créature étrange. Les jours passèrent, et passèrent encore. La hâte de faire son tour de garde se faisait de plus en plus vive. Il n'avait qu'une envie, c'était de revoir le monde extérieur, c'était la raison de son attente si longue pour mettre en place son nouveau plan. Il voulait s'assurer d'apercevoir au moins une fois encore la lumière du soleil et de la lune. Le chef un peu plus tard reprit l'entrainement pendant deux jours avec ses soldats, et fit comme auparavant, ne donnant aucune réelle punition, mais en marqua quelques-unes dans ses feuilles à rendre. Il s'entrainait chaque jour avec ses guerriers, ce qui lui permettait de garder une certaine forme, mais il les surpassait tous de loin. Il motivait la troupe. Personne n'avait l'air de se plaindre des conditions à endurer chaque jour. Les soldats étaient satisfaits de voir leur espoir de sortir se démener pour eux. Chaque soir, Numéro 2 s'arrangeait pour se faufiler dans les couloirs et prendre une ou deux armes, ou quelques flèches. Mais il s'arrêta vite, car trop de matériel disparu pourrait attirer l'attention des chefs.
La réunion mensuelle qui regroupait tous les soldats arriva à grands pas aussi. Et lorsqu'ils furent amenés à celle-ci, ils entendirent une annonce indiquant que le Maître et son groupe avaient d'autres plans pour cette fois. Pour le plus grand plaisir de la majorité, le rendez-vous se transforma donc en combats banals entre les différentes

couleurs, parfois au bâton, parfois à la main. Tous rentrèrent dans leurs quartiers comme un jour normal.

Le moment pour Numéro 2 de faire sa ronde arriva. À peine son réveil ayant laissé sortir un petit son, que le jeune homme tapa le bouton pour le faire taire et enfila ses vêtements à grande vitesse. L'homme attrapa son petit déjeuner et aussitôt mangé, il partit vers la tour. Il s'arrêta une seconde devant l'echelle et attrapa les barreaux pour monter. Allant de plus en plus vite, il fut arrivé en haut en un rien de temps. Elle n'était plus si immense qu'elle en avait l'air. Désormais au sommet, il poussa sur ses bras pour se dresser en haut de l'édifice. Il aperçut le troisième chef de sa couleur et ne dit rien. Celui-ci se leva et sans rien dire non plus et attrapa les barreaux de l'échelle pour la descendre. L'autre avait l'air moins enthousiaste de retourner dans les bas-fonds pour exécuter les mêmes ordres, les mêmes gestes, les mêmes exercices que les jours, mois et années précédentes.

Le second chef en revanche du haut de sa tour se sentait bien plus qu'en vie ! Il agissait comme si le monde lui tournait autour, comme si toute chose qui était disposée autour de cette tour de garde était destinée à le distraire. Chaque minute que l'homme passait dans cet endroit était magique, il se sentait vivre. Il avait quelques connaissances supplémentaires sur les montagnes et le village d'« Omigi ». Il arrivait approximativement à déterminer les distances qui le séparait de l'un et de l'autre. À peu près quarante kilomètres pour aller dans les montagnes et un peu moins pour aller dans le village désert. Une journée de marche pour arriver d'un côté ou de l'autre. Le chef se posa un instant et observa les étoiles dans le ciel. C'était amusant, car elles pouvaient presque ressembler à des objets ou des signes. Comme un enfant, il dessinait dans sa tête chaque chose qu'il croyait voir. Il était émerveillé par la beauté de la nature, et se demandait bien pourquoi les humains avaient transformé cette superbe vie en un esprit si torturé. Le but une fois sorti de cette taule allait être de trouver une autre population, peut-être plus docile, capable de partager et de l'aider, lui et ses guerriers.

Le chef continua sa nuit sans penser pour profiter au mieux du paysage, hors des plans d'évasion, à simplement contempler chaque recoin du tableau en face de lui. Il avait en plus la chance de pouvoir boire de l'eau, cette fois les chefs d'avant n'avaient pas fini la gamelle sans scrupules.
Il s'assit et but un peu avant de se replonger éveillé dans ses rêves. Comme la dernière fois, la fin de nuit puis la journée passèrent à une vitesse folle. Mais le personnage n'en avait pas assez, il ne pouvait plus s'arrêter de penser à la superbe vie qu'il pourrait mener en dehors de cet endroit. Plus l'heure de ses retrouvailles avec les planches de métal approchait, plus il voulait fuir.
Le temps passa encore et les pas du premier chef du groupe orange se firent entendre dans le conduit. Il arriva et monta aussitôt au niveau de Numéro 2 sans rien lui dire.
— Rien à signaler. Dit le second chef.
Et l'autre en lui faisant signe de la tête s'assit sur le fauteuil, en regardant l'horizon. Numéro 2 reprit alors son chemin pour les quartiers inférieurs à vitesse rapide et arriva au niveau de son bureau, mais n'y entra pas cette fois. Il commença à marcher vers les salles d'entrainement aux épées. Personne. Tous les soldats dormaient à poings fermés. L'homme ne tenait pas spécialement à s'entrainer seul, mais il n'en avait pas le choix. Une lance entre ses mains, il se dirigea au centre de la pièce et ferma les yeux l'espace d'un instant pour visualiser un ennemi invisible, puis les rouvrit pour lui faire face.
Il balançait des coups à gauche, à droite, faisait des mouvements de jambes assez rapides pour tromper l'adversaire, et simulait parfois quelques parades. Plus le temps passait, et plus il accélérait, il ne

s'arrêtait pas, et ne voulait surtout pas le faire. Il arriva au niveau d'un mannequin en bois qui servait pour les entrainements, et il balança quelques frappes dans le vide. Puis il vint à mettre un coup, puis deux qui l'éraflèrent. Il se concentra encore une fois et donna en rythme des coups en diagonale à droite, à gauche, et ainsi de suite. Il frappait de plus en plus fort, faisant quelques marques sur le personnage.
Après une trentaine de secondes, il lançait des coups puissants vers l'homme de bois qui ne faisait que subir. Chaque frappe faisait désormais trembler le sol d'acier. Le mannequin se balançait et montrait des entailles bientôt aussi grandes que des pouces, mais son adversaire ne lui laissait aucune chance. Sa lance vint rapidement à s'essouffler et à casser sous les attaques reçues. Numéro 2 partit alors chercher une épée en bois bien plus robuste et continua son entrainement. Il prit une posture plus stable cette fois et donna des coups lents, mais extrêmement plus violents. Les sons résonnaient dans toute la pièce, heureusement que personne ne désirait dormir ici. En à peine quelques instants, il avait changé l'allure de son pantin. Il n'était plus présentable pour le bal et la danse habituelle des guerriers. L'exercice touchait à sa fin et Numéro 2 donna un dernier grand coup de toutes ses forces à l'endroit d'une entaille plus grande que les autres et fit craquer le pantin de bois en deux parties.
À cet instant l'homme s'arrêta, et prit quelques secondes pour récupérer ses esprits. Lui-même impressionné par sa prouesse commençait à comprendre que la géomégalie lui donnait déjà une force considérable. Il n'avait plus beaucoup de temps à attendre pour défier les grands. L'homme partit ranger sa lame de bois avec toutes les autres, et retourna de là où il était venu, sans prendre soin de ramasser la carcasse du défunt pantin. Il était tout excité, il ne pouvait pas s'empêcher de sourire et sautiller.
Une fois arrivé à ses quartiers, il avait complètement récupéré, son cœur battait lentement et ne laissait pas transparaître une trace de

combat. Ainsi, Numéro 2 rentra dans son bureau, fit comme les autres jours, mangea la bouillie arrivée par magie et partit se coucher pour trouver le rendez-vous qu'il avait avec le jour suivant. Comme d'habitude le jour d'après fit surface et le réveil sonna. L'homme qui désormais n'avait plus rien à lire sur son bureau décida de ramener toutes ces affaires aux archives, au cas où quelqu'un voudrait lire ces informations. Il sortit de son bureau, les bras pleins de papiers, et emprunta le chemin vers les archives. Il y arriva et redonna le tout à la créature qui ne fit que quelques petits mouvements de roulettes pour les remettre à leur place initiale. Il ajouta par-dessus ça un petit commentaire :
— Deux semaines… Vous devenez plus lent pour la lecture, je me trompe ?
C'était impressionnant pour le chef qui se trouvait en face de lui. La créature se rappelait du moment où il avait emprunté toutes ces feuilles, et de sa moyenne de lecture. Mais après tout, il était aussi probable que personne ne vienne demander des choses aux archives et qu'il n'ait rien d'autre à faire.
— Oui, j'ai un problème de mémoire à cause d'un coup reçu, c'est la raison pour laquelle j'ai mis tant de temps.
Et sur ces paroles, et il se retourna et emprunta la direction de la porte. La créature tint au loin :
— Au plaisir chef, à bientôt !
Cette chose n'avait pas l'air bien méchante, elle n'avait pas un langage très poli et droit comme les soldats et avait l'air d'être libre de faire ce qui lui plaisait ici.
— Tout bien réfléchi, dit le chef en se retournant, n'y aurait-il pas quelques informations à propos de nos locaux dans ces archives ?
— Tiens… Quelle drôle de demande. Je dois bien avoir ça, mais je ne crois pas qu'ils soient rangés avec les documents par ordre alphabétique. Il va falloir patienter un peu.

Le chef fit un signe de la tête pour montrer son accord, et il attendit sagement que la créature revienne. Après quelques longues minutes de recherche, la créature finit par arriver pour tendre du bout des doigts un dossier assez épais, d'une petite cinquantaine de pages, et il dit :
— Voilà ! Ça faisait longtemps que je n'avais pas regardé ça, tachez de le rapporter assez vite, j'aimerais moi aussi y rejeter un coup d'œil. Ce sont les plans d'origine de l'endroit. Il ajouta en rigolant : — Si c'est pour vous échapper je vous le dis ça va être compliqué. C'est une blague bien entendu je sais que vous n'êtes pas mauvais.
Numéro 2 attrapa le dossier et se retourna pour trouver la porte de sortie. Il fit signe de la main pour dire merci à la créature coopérative. À peine sorti des archives, il regagna son bureau et s'assit sur la chaise sans ouvrir son dossier. L'homme savait qu'il fallait sortir d'ici, mais il venait d'avoir la réponse à ce qu'il cherchait. Aucune porte de sortie utilisable pour fuir les locaux. Comment pouvait-il faire pour son plan d'évasion ?
Après quelques dizaines de minutes passées à réfléchir pour rien, l'homme derrière sa capuche se disait de plus en plus que partir de cet endroit sans être repéré serait impossible. Il lui fallait donc défier la hiérarchie comme prévu au départ. Le seul endroit par lequel il était possible de s'évader devait être la tour de garde, mais de laquelle il ne pouvait pas sauter à moins de se tuer sur le coup.
Pouvait-il défier le chef de tous les chefs, le tuer puis partir en ayant effrayé tous les autres ? Qui sait. Mais Numéro 2 aurait préféré trouver un arrangement dans les plans de l'établissement. Ainsi, il ouvrit le dossier plein de dessins, de croquis et de plans côtés en espérant tomber sur une petite anomalie qu'il pourrait exploiter. Il jeta un coup d'œil rapide sur chaque page où étaient écrits les noms des salles concernées. Il y avait des dessins annotés de tout ce qui allait devoir être mis en place dans celles-ci, c'était effectivement les plans originaux.

Les soldats au contraire de ne pas savoir lire, savaient compter. Car pour évaluer les distances entre eux et les ennemis, puis faire des tirs groupés beaucoup plus précis, il valait mieux pour eux savoir faire cela. Il était alors assez facile pour Numéro 2 de connaître la taille de toutes les pièces. C'était surement une bonne chose, mais le fait de savoir compter ou évaluer les distances ne lui indiqua pas plus d'endroits par lesquels s'échapper. Comme l'avait marmonné la créature dans les archives, il n'y avait aucune issue affichée sur le papier allant vers l'extérieur. Quelques nouvelles pièces étaient marquées, mais très peu intéressantes.

— Archives, cuisines, réservé, réservé, réservé, tour de garde (300 mètres de haut), expériences armement, pièges, expériences géomégalie...

Le chef lisait à haute voix toutes les salles qu'il trouvait dans le coin. Cependant il savait bien qu'il ne valait mieux pas aller y faire un tour sans autorisation, car un seul faux pas, et tous les chefs pouvaient rappliquer pour le pulvériser. Finalement, les plans du bâtiment ne lui apportèrent rien de plus.

Le chef connaissait déjà les salles d'armement et leur taille, car il y avait passé toute sa vie. Si une quelconque issue de secours se trouvait là-bas, il l'aurait vue. Or ce n'était pas le cas. Il ne savait pas quoi faire pour s'évader. Puisqu'il n'avait pas l'envie de semer la pagaille dans les locaux pour le moment, il décida d'attendre son prochain tour de garde pour tenter de s'en aller tout seul. Il allait avoir besoin d'outils pour s'agripper aux parois de la tour de garde.

Numéro 2 patienta alors de longues journées et semaines à penser au moyen le plus sûr d'arriver en bas de l'édifice. Chaque jour qui passait le confortait dans l'idée d'attendre, encore et encore. Quand le jour de s'occuper des guerriers arriva, le jeune chef attrapa deux gros poignards pendant les entrainements, qu'il accrocha à sa ceinture, plutôt vers l'arrière pour que personne ne les voie. Ce fut sans problème qu'il les ramena et déposa dans son bureau, dans le second tiroir, là où personne n'allait regarder. Ses locaux commençaient à se transformer eux aussi en salles d'armement. Une semaine passa encore, et cette fois ce fut le rendez-vous mensuel de tous les groupes de couleur et de tous les chefs.

Le groupe jaune ce jour-là était présent pour animer la cérémonie. Numéro 2, comme tous les autres, partit vers la grande salle de combat dans laquelle avaient lieu les évènements et se rangea aux côtés des personnes masquées.

Le Maître qui marchait dans la foule terrorisait encore les soldats, et quelque peu les chefs aussi. Il fit un monologue, s'adressant un peu, mais pas vraiment aux autres. Posant des questions, mais n'attendant pas de réponses.

Numéro 2 quant à lui pouvait tourner les yeux. Au fond de sa capuche, personne ne le voyait glisser ses pupilles vers son frère qui se tenait assez loin, à la tête du groupe jaune. Il était droit comme un piquet et ne bougeait pas d'un poil. L'homme montrait une posture aussi dure que pouvait l'être une pierre. Son état d'esprit avait certainement changé, car son frère ne ressentait pas la même aura se dégager de lui. Il était puissant, bien plus que Numéro 2 ne pouvait l'imaginer.

Le Maître annonça : — Aujourd'hui on ne va pas trop changer, ce sera combat entre chacun et ses supérieurs, on verra dans la journée s'il y a du changement. Si vous faites du bon boulot, on vous laissera dormir un peu plus demain. Vous pouvez commencer.

Comment une personne comme lui pouvait avoir un tel tempérament ? On aurait pu croire que le Maître était un sadique, mais à la fois quelqu'un de bienveillant lorsqu'il le désirait. Le personnage était compliqué à cerner. Quel genre d'humain se cachait donc sous sa cape noire ? Se pouvait-il qu'il soit fou ? Qu'il ait un problème au cerveau et qu'il soit devenu comme ça par accident ? Ou bien changeait-il souvent d'humeur et de comportement envers les soldats pour ne pas s'ennuyer ?

Des questions, toujours des questions, jamais de réponse. Numéro 2 ne pouvait pas tout connaître de cette personne et n'allait surement jamais en apprendre davantage. Le deuxième chef du groupe orange attendit donc dans son coin, rangé avec les grands. Il attendait que son frère passe au combat pour analyser ses mouvements. Les autres ne l'intéressaient que très peu, il n'y prêta pas attention et gardait son regard fixé sur son égal. Quand l'heure fut venue pour le groupe jaune de combattre, ce fut un autre spectacle que précédemment. Chaque soldat de ce groupe avait une puissance bien supérieure à n'importe quel autre guerrier. Le Khan de cette couleur devait vraiment avoir démontré une puissance prodigieuse pour être passé de dernier à premier de cette troupe d'élite en à peine un mois.

Les coups s'enchaînaient, les victoires et les défaites aussi, sous le regard admiratif des soldats inférieurs, et sous le mépris des chefs jamais rassasiés de ce qu'ils voyaient. Ce fut au tour du Khan de l'équipe jaune de se battre avec son subordonné.

Le premier se tenait droit, comme d'habitude. Il ne prit pas de posture de combat après avoir salué l'autre. Le deuxième se jeta directement sur lui, mais avec un air presque découragé. Il envoya un coup de poing extrêmement rapide vers le Khan qui lui adressa aussi un grand coup dans le pli du coude, ce qui arrêta le bras net. Puis il envoya une immense frappe de la droite au visage de l'autre qui fut étalé sur le sol avec une force incommensurable. Le public était scotché. Les chefs avaient l'air d'un peu plus apprécier la vue. Le Maître marcha vers la scène et s'adressa à tout le monde.

— Voilà mes chers amis, nous sommes aujourd'hui arrivés au résultat voulu. La force que votre collègue et chef a réussi à obtenir, c'est grâce au pouvoir de sa colère. Il est devenu un surhomme, et par la même occasion, un guerrier invincible. Je voudrais de tout mon cœur que vous ailliez ce pouvoir vous aussi, pour que nous formions la plus puissante armée jamais connue. Cultivez votre colère pour les semaines qui suivront. Détestez quiconque vous rabaisse, mais sans mépriser la hiérarchie. Plus vous détesterez, plus fort vous deviendrez !

Le groupe orange commençait à douter des plans de leur second chef. Le Khan de l'équipe jaune venait de démontrer la puissance que l'on pouvait acquérir en suivant les ordres et qu'il était possible d'avoir le respect du Maître.

Les autres guerriers en revanche étaient un peu plus joyeux que d'habitude, ils avaient abandonné leur ton morose pour laisser place à l'envie de devenir comme le Khan jaune. L'homme devenait le modèle de puissance de tout l'établissement, un héros sortit des entrailles du désert. Le discours du Maître pouvait sembler exceptionnel, presque impossible pour une personne comme lui, mais il ne l'était pas tellement. Ce qui était exceptionnel, c'était qu'un soldat colérique ait hérité de la géomégalie, et qu'il serve de toutou pour un tyran égocentrique. Qu'avait fait le Maître pour mériter une telle faveur ? Qu'avait-il accompli pour recevoir ce présent ? Le Khan du groupe jaune était redressé, il ne tenait aucun mot et préférait boire les paroles de son Maître comme s'il lui devait une éternelle reconnaissance. Une vie de misère récompensée par un avenir d'esclave. De son côté, Numéro 2 partageait un étrange sentiment avec le personnage derrière le Maître. Il pouvait ressentir sa puissance, comme si elle était en lui aussi. Il n'y prêta pas attention au début, mais après un petit moment de réflexion il eut un sursaut.

— Si je peux ressentir cela... Il peut ressentir...

Le soldat au loin tourna la tête d'un coup, vers le groupe des chefs. Il savait où regarder, mais il ne pouvait pas percer la capuche sombre du chef qu'il avait dans la ligne de mire. Il avait un sentiment très étrange. De son côté, le Khan ne percevait pas de colère dans l'aura du chef qui avait les yeux rivés sur lui. Il ressentait quelque chose de nouveau. Après quelques secondes d'échange, le Khan se tourna de nouveau rapidement vers le Maître, droit comme un piquet, écoutant chaque mot de son discours. Heureusement pour Numéro 2, son frère avait gardé son attitude de soldat. L'usurpateur était surement dévoilé pour quelqu'un de la salle, mais il ne le criait pas sur tous les toits. Le Maître finit son discours, et il permit à chacun de regagner ses quartiers. Toute la foule se déplaçait et les chefs devaient attendre la venue de leur supérieur pour le suivre. Le groupe jaune suivait le Maître et le Khan eut un petit regard sur le côté, observant le personnage à capuche sur son chemin.

Une fois rentré dans ses appartements, le chef numéro 2 du groupe orange s'assit sur la chaise en face du bureau et posa la tête dans ses deux mains. Il venait de se faire repérer, et il ne savait pas si le fait que l'autre n'ait rien dit était bon signe ou non. Après tout, peut-être avait-il décidé de ne rien raconter, car il n'avait pas tant changé depuis qu'il était dans le groupe jaune. Mais le traitement du Maître de l'établissement n'avait pas la réputation d'être aussi simple que cela. Il était aussi probable qu'après la rencontre mensuelle de tout à l'heure, le Khan ait informé son Maître et que tous les deux rappliquent dans la minute pour lui faire la peau. Ou bien encore, peut-être que par une coïncidence il avait tourné la tête l'espace d'un instant, faisant croire au chef qu'il pouvait ressentir la même chose que lui, au même moment. Même si cette coïncidence était très peu probable. Numéro 2 était perdu, il ne savait pas quoi faire et ne voulait pas se précipiter pour mettre en place son plan de sortie, mais qu'allait-il devoir faire pour passer inaperçu. Des hypothèses et encore des hypothèses, il devenait compliqué pour le chef de réfléchir correctement sans commencer à s'inquiéter pour sa survie au sein de l'établissement. Il avait réussi à mettre la main sur la place de chef et ne désirait pas retrouver les conditions déplorables de son rang de soldat. Il ne put pas réfléchir plus longtemps, quelqu'un frappa à la porte du bureau. Trois battements secs. Les pensées du chef s'estompèrent et il annonça à la personne d'entrer. Il avait déjà une petite idée de qui cela pouvait bien être, et allait surement recevoir un autre interrogatoire de la part du tyran de tout l'établissement. La poignée se tourna et la personne se trouvant derrière la porte entra sans faire de bruit. Ce n'était pas la personne attendue, mais le Khan du groupe jaune. Il se tenait là, sans trop oser entrer. Il gardait un certain respect pour son supérieur et se tenait droit en face de lui.

— Oui ? Que veux-tu ? demanda Numéro 2

— Qui êtes-vous ? répondit rapidement le Khan.

Il fallait que Numéro 2 réponde quelque chose de bateau, qui ne donnait pas vraiment d'indications et qui ne brûlait pas sur place sa couverture en tant que chef. Il répondit alors :

— Je suis un guerrier de notre armée et un des chefs de cet établissement.

Le Khan assez insatisfait de la réponse reçue continua de l'interroger. Il était intelligent lui aussi, il ne voulait surtout pas déballer ses suspicions d'un coup, cela aurait été laisser passer sa chance de questionner un chef. Il continua alors :

— J'ai senti quelque chose d'étrange en vous. Vous n'êtes pas comme les autres chefs, êtes-vous puissant ? Car l'aura que vous dégagez est autrement plus forte que les autres, bien que certains aient l'air plutôt coriaces.

— Peut-être. Peut-être pas. La puissance que je détiens ne vaut rien temps que mes actions ne sont pas dignes de l'utiliser. Autrement dit, la force que j'ai est une chose, mais je pense que le but pour laquelle je l'utilise est bien plus important.

La phrase de Numéro 2 était bonne et pleine d'assurance. Elle permettait de montrer à son frère quel genre de personne il restait, si jamais il découvrait son identité. Mais l'autre aussitôt répliqua à juste titre :

— Alors pour quoi utilisez-vous votre force ?

Après quelques longues secondes de silence, il répondit : — Je dois sauver quelqu'un. Ma formation dans cet établissement m'a donné de grandes bases pour le combat et je l'utiliserais pour aider une personne à reprendre sa vie en main.

— Et qui est cette personne ? demanda l'autre.

— Cela fait beaucoup de questions pour une première visite, vous ne trouvez pas ? demanda le chef.

— En effet, mais j'aimerais avoir des réponses, j'ai l'autorisation du Maître.

Il était clair que le Maître qui dirigeait son Khan comme il le voulait se doutait de quelque chose. Puisque le premier guerrier du groupe jaune avait eu le droit de venir dans cette pièce, il devait avoir une bonne explication. La couverture de numéro 2 n'allait pas tarder à tomber si l'un de ses mots le trahissait. Peut-être que le Maître attendait patiemment derrière la porte. Le Khan poursuivi encore avec une question.

— Êtes-vous porteur de la géomégalie ?

Le chef derrière son masque attendit un peu. Il ne savait pas quoi répondre. Il pouvait nier, mais Numéro 2 et ses principes ne voulaient pas mentir à son frère. S'il disait oui, sa couverture était grillée. Il n'attendit pas une seconde de plus, le silence en disait déjà bien trop long.

— Oui, je suis porteur de la géomégalie. Répondit-il calmement.

À cet instant, c'est le Khan du groupe jaune qui se tut. Que pouvait-il bien se passer dans sa tête pour qu'il laisse le silence durer ? Il devait avoir eu la réponse qu'il attendait et pourtant il ne prononçait pas un mot de plus. Il finit par ouvrir la bouche.

— Vous ne ressentez pas de colère. Pas autant que moi en tout cas. Comment se fait-il que vous ne soyez pas le même alors que vous avez subi le même traitement que moi ?
— Comment étiez-vous avant de passer dans le groupe jaune ? J'imagine que le Maître vous en a fait baver, comme à tout le monde.
— Les méthodes du Maître ne sont pas comparables à celles des autres chefs. Vous devez vous en souvenir autant que moi puisque vous êtes passé dans le groupe jaune comme tout le monde.
— Comment étiez-vous avant ? demanda à nouveau le chef.
— J'étais… Différent. Répondit le Khan sans aucun état d'âme.
Il ne devait même plus se rappeler de la personne qu'il était avant d'avoir rencontré les méthodes sadiques et tordues du Maître. Le fait que Numéro 2 n'ait pas eu les mêmes sentiments que son frère lors du rassemblement mensuel perturbait celui-ci. Cela éveillait à la fois la curiosité du Khan, mais aussi un peu de jalousie. Numéro 2 reprit alors la parole.
— Le Maître change beaucoup de choses et détruit les personnes pour en faire des machines à tuer. La différence entre vous est moi n'est pas si grande. Il a réussi à vous faire croire que vous lui apparteniez et que vous lui deviez tout. Or je n'ai pas ce problème, je suis libre.
À travers cette phrase, Numéro 2 voulait réveiller son frère, lui faire comprendre qu'il ne devait pas être l'esclave de son Maître.
Le Khan qui regardait attentivement dans le noir derrière la capuche de son supérieur pouvait largement sentir l'émotion positive qui émanait du chef. C'était flagrant que quelque chose de plus intéressant que la colère était derrière ce costume noir. Les minutes passaient et la compagnie assez agréable du Chef venait à changer un peu le comportement du Khan. Il ne pensait plus à lui poser les milliers de questions qu'il avait prévu de déballer, et il profita plutôt des réponses agréables de son frère sans le savoir. Il finit tout de même par reprendre la parole et demanda :

— Comment se fait-il que vous et moi soyons si différents ? Nous avons appris à nous battre et à servir tout pareil et nous avons subi le même sort, sans traitement de faveur.
— Étrange n'est-ce pas ? Je pense que tu connais la réponse.
Numéro 2 en avait assez de se faire passer pour quelqu'un d'autre. Il pensait pouvoir résonner son frère désormais. Or la réponse qu'il venait donner était assez claire pour que le Khan pose une dernière question.
— Êtes-vous mon frère ?
Le chef en face de lui n'avait qu'une envie, c'était d'enlever son masque et lui montrer son visage. Mais il savait que celui-ci ne le reconnaîtrait pas, le simple coup de poing qu'il avait pris du Maître lui avait retapé la face.
— Oui, c'est moi. Répondit-il.
Les battements du cœur de Numéro 2 étaient si forts que son frère pouvait presque les entendre. Bien qu'il ne puisse pas le faire avec ses oreilles, le Khan les sentait dans l'air. Le guerrier avait toutes les raisons de partir désormais. Toutes les questions qu'il avait posées avaient un objectif et celui-ci avait été rempli avec succès. Il se tourna et attrapa la poignée en murmurant d'un air triste :
— Fuis mon frère, je ne peux rien pour toi.
Il tourna ensuite la poignée et sortit sans dire un mot. À peine son frère dehors, Numéro 2 eut une petite trotteuse dans la tête. Il était temps de passer de l'entrainement intensif de ces dernières années à une application directe. Il ne pensait plus qu'à une chose, sortir d'ici. Il ne savait pas par où partir, ni avec qui, ni s'il devait aider son frère. L'espace d'un instant, il pensa à emprunter le chemin qui menait à la tour de garde, et de là il aurait pu tenter de planter ses deux couteaux dans les parois pour s'échapper. D'une part ce plan était trop risqué. Les parois étaient épaisses et il fallait un sacré coup pour la transpercer. Mais d'autre part le chef qui devait faire sa ronde allait le

coincer d'un côté tandis que les autres allaient rappliquer. Tout s'était brusqué l'espace d'un instant passé avec son frère. Numéro 2 se leva rapidement de sa chaise et commença à réfléchir à ce dont il pouvait avoir besoin. Mais le tour fut vite fait puisqu'il n'avait pas ses guerriers pour prendre le matériel, il allait devoir affronter une armée de soldats surentrainés tout seul. Numéro 2 ne perdit pas plus de temps et attrapa ses deux gros couteaux dans le bureau puis sortit de l'endroit pour marcher à grands pas vers les salles d'entrainement. Il devait choisir une pièce plutôt spacieuse, c'est pourquoi sa décision fut prise pour la salle des canons, qui était la plus grande de tout l'établissement. Il espérait seulement ne pas tomber sur un groupe avec son chef.

Un facteur allait être déterminant, le nombre de chefs à venir. Car un allait déjà être compliqué, mais plus, l'histoire allait être vite réglée. L'homme arriva vite dans la grande salle et tenta de se calmer. Les minutes passèrent et passèrent encore. Personne. Si bien qu'il y eut un instant où la pensée que son frère n'ait pas dit au Maître ce qu'il avait appris traversa l'esprit de Numéro 2. Cependant, il ne tarda pas à entendre des pas lointains. Après tout il fallait bien que les chefs fassent la marche dans le bâtiment avant d'atterrir dans cette pièce. Les pas sur le sol n'étaient pas très puissants. Il n'y avait pas qu'une personne, car on entendait quelques claquements. Ils devaient être deux. Pas plus, sinon les murs vibreraient à cause des lourdes chaussures des chefs. L'heure était proche. Ce n'était pas de la peur qui flottait dans l'air, Numéro 2 avait transformé son stress en optimisme. Les pas lointains se rapprochèrent encore, et on put distinguer deux claquements sur le sol. L'un direct, avec de lourdes bottes, et l'autre très léger. Les pieds de cette personne étaient nus. Tous deux marchaient à la même vitesse et savaient exactement où ils allaient. Plus les pas se rapprochaient, plus il était possible de distinguer les deux personnages qui allaient faire leur apparition. L'un d'eux était bien plus visible, car sur son masque était dessiné un grand sourire jaune. Le second, sans chemise, marchait à ses côtés sans expression. Il gardait la tête droite et suivait les mouvements du premier.

Il était clair que les deux personnages connaissaient la localisation de Numéro 2 dans la salle. Les pas du plus haut gradé des deux commençaient à faire trembler le cœur du soldat qui tenait une petite lame fermement et en gardait une autre à sa ceinture. Il aurait préféré avoir à se battre contre un des autres chefs plutôt que le barbare au sourire jaune. Les deux compagnons finirent par arriver à hauteur de l'autre et tous laissèrent un petit moment de silence avant que le Maître ne parle.

— Bonjour à toi Numéro 2. J'espère que tout va bien.

Bien entendu il s'en fichait complètement. Il n'attendit pas de réponse et reprit aussitôt : — Le groupe orange sait-il qui tu es ? Ils ont forcément dû apercevoir un changement dans le comportement du chef, ou bien voir que tu avais gagné si tu as effectué ton combat avec le chef devant eux.

— Non, ils n'y sont pour rien alors laissez-les tranquilles, je répondrais tout seul de mes actes.

— Oh ? Tu me réponds désormais, c'est amusant l'audace qu'on prend avec une armure sur le dos. Donc le groupe orange sait tout et ils ne me l'ont pas dit. Ils vont passer un sale quart d'heure.

— Mais je viens de dir...

— Je sais ce que tu as dit ! Dit l'autre en lui coupant la parole. Mais ta voix te trahit aussi bien que tu m'as trahi. Alors, cesse de jouer avec moi et réponds franchement.

— Mon frère a eu le droit de me poser ses questions, puis-je faire de même avec vous ? Si je dois mourir maintenant, j'aurais au moins eu quelque chose d'intéressant.

L'autre leva les épaules et les deux paumes vers le ciel, indiquant qu'il n'était pas contre.

— Pourquoi cet endroit a-t-il été créé ?
Le Maître baissa son visage et se gratta la tête. — Hm... Je m'attendais à une meilleure question. C'est pourtant évident. Nous voulons créer une armée de guerriers capables d'anéantir quiconque se dresse contre nous et la nation Caleiene. Mais je pense que ta question concernait la géomégalie n'est-ce pas ? C'est aussi simple. Les personnages qui ont cette habilité que la terre leur a donnée sont extrêmement puissants, presque invincibles, et c'est pourquoi il était important de créer un établissement pour fabriquer ce type de combattant. L'un des pays voisins possède ce genre de soldats, et nous ne pouvions pas nous permettre d'être surpassés. La guerre continue sur terre, et cet endroit est un endroit sûr dans lequel nous pouvons créer tranquillement les guerriers souhaités.
— Un endroit sûr pour torturer de pauvres enfants arrachés à leur famille et en faire des machines à tuer, et pourquoi ?!
— Oui c'est vrai. Répondit le Maître en haussant les épaules. Mais lorsque l'on a vu des horreurs de l'extérieur, un traitement comme celui que l'on vous fait subir n'est pas grand-chose. Tu ne sais rien de ce qui se passe dehors.
— Tant mieux, j'ai encore tout à découvrir.
— Oh ? Parce que tu crois que tu vas sortir d'ici vivant à présent ? Non, tu te trompes sur toute la ligne. Tu serviras de cobaye pour nos expériences. Tu vas nous permettre d'en savoir un peu plus sur la géomégalie lorsque nous t'aurons ouvert en deux et que tu agoniseras à moitié en vie. Bien sûr, nous aurions pu faire ça avec ton frère, mais celui-ci est bien trop parfait pour être endommagé, il obéit à tous les ordres et sa puissance est extraordinaire.
— Pourquoi prenez-vous tant de plaisir à détruire nos vies ?
— Voilà une meilleure question. Parce que c'est la seule manière pour moi de m'occuper. C'est beaucoup plus gai de sourire à tout plutôt que de pleurer pour un rien. Et c'est extrêmement bon pour la santé.

Le ton assez agaçant du Maître faisait s'énerver Numéro 2 intérieurement. Mais il ne laissait paraître aucune émotion. Cela ne pouvait pas un être un humain qui se cachait derrière ce masque. Impossible qu'une personne normale puisse faire subir de tels châtiments à des prisonniers sans se sentir coupable.

— Détrompe-toi. Reprit le Maître. Je vois dans ton regard ce que tu penses. J'ai connu des conditions bien pires que les tiennes et celle des autres soldats. Je ne te ferais pas de détails, tu devras me croire sur ces paroles. J'ai appris à rire par moi-même. Ma vie a été un désastre, remplie de torture et d'insultes, de combats, de morts et de désespoir. Tu aurais pu comprendre comment et pourquoi j'en suis arrivé là, un autre jour, dans de meilleures conditions, si tu t'étais tenu à carreau.

— Et je serais devenu votre larbin ? La personne qui ferait tout le sale boulot pour vous ?

— Exactement ! Mais tu aurais trouvé cela intéressant, j'aurais fait en sorte que tu te sentes aussi bien que possible.

Il reprit : — Tu as lu les archives, tu sais donc quelques petits détails sur la géomégalie, mais rien de bien exploitable. Je dois admettre que c'était bien pensé, apprendre à lire pour en savoir d'avantages grâce aux archives, c'était malin, très malin, surtout seul.

— Je pourrais très bien refaire partie de vos rangs ? J'ai été un chef pendant quelque temps déjà.

— Non. Malheureusement il est trop tard. Une fois que l'on a trahi l'organisation une fois, on ne revient pas en arrière. Qu'est-ce qui t'empêcherait de le faire une deuxième fois ? Rien. Tu attendrais juste le bon moment pour partir. Ce serait te laisser un peu plus de temps pour réfléchir. Nous avions besoin de toi, mais tu es une menace à présent. Ne prends pas ça personnellement, je n'ai rien contre toi en particulier, mais la loi est ainsi faite. Maintenant, as-tu encore une question à poser ? Encore un petit geste de bonté après que tu aies

réussi à changer de visage par inadvertance, à lire les dossiers des archives, à berner les chefs et à voir le monde extérieur.
— Vous êtes bien généreux aujourd'hui, je ne vous ai jamais comme ça auparavant.
— Je suis comme ça... Généreux et fiable, quand je dis quelque chose je le fais, que ce soit dans un sens comme dans un autre, alors choisis bien ta question.
Numéro 2 prit une seconde de réflexion et releva la tête pour demander : — Qui êtes-vous ?
— Excellent ! Répondit le Maître d'un ton très enthousiaste. On est passé d'une question médiocre, à une question importante, à une autre vraiment pas mal ! En me démasquant, tu pourrais trouver sur mon visage des raisons qui m'ont poussé à ouvrir cet endroit. En ôtant mon masque, tu me permettrais de ne pas bénéficier du filtre d'air qui se trouve dedans pour un éventuel combat. Tu es vraiment très intelligent ! Tout le portrait de ton frère. Tu possèdes bien la géomégalie en toi.
En faisant sa réponse, le Maître se tint droit. Il commença par enlever la capuche de sa tête et passa la main dans ses cheveux pour les faire ressortir de son col. Ils étaient longs et un peu ondulés. Son masque lui arrivait en haut du nez, par conséquent on ne voyait pas parfaitement son visage. On pouvait cependant apercevoir de magnifiques yeux bleus qui perçaient la nuit. Ils reflétaient autant de lumière que le sourire de son masque.
Le Maître, ou plutôt la Maîtresse au vu du haut du visage, attrapa à deux doigts le bout de son masque et le tira vers le bas. Son visage fut découvert instantanément. Contrairement à l'image presque démoniaque de la personne que Numéro 2 s'était faite, il n'en était rien. Une femme se trouvait en face de lui. Une magnifique femme qui le regardait fixement, un sourire au coin du visage. Le silence régnait

dans la pièce. Le frère de Numéro 2 quant à lui ne vrilla pas des yeux et resta droit, le regard vers son frère, sans rien dire.

— Je m'appelle Liora. Dit-elle d'une voix bien plus féminine. (Elle roula le R de son prénom, contrairement à ses paroles de d'habitude, elle devait avoir des origines d'ailleurs).

Elle ne parla pas plus, remonta son masque sur son nez et mit la main dans sa poche. Elle en sortit un anneau noir qu'elle utilisa pour faire une queue-de-cheval. La femme prit alors un air beaucoup plus sérieux, et Numéro 2 pouvait sentir le combat commencer. La femme s'avança vers le guerrier du groupe orange et s'élança pour lui donner une claque. Il tenta de l'en empêcher, mais son bras fut intercepté, et il la reçut quand même. C'était une petite claque qu'on donnerait à un enfant qui s'était mal conduit. Mais la rapidité de la guerrière était sans pareil, Numéro 2 l'avait vu arriver mais pas assez vite. C'était la seconde fois qu'il se faisait frapper au visage par cette personne et une grande douleur se fit encore sentir dans son crâne, il souffrait le martyre. Qu'est-ce que les mains de cette femme pouvaient avoir de particulier qui brisait presque le crâne de ses opposants en de simples gestes ? Le soldat garda son calme et attendit quelques instants que la douleur passe en serrant les dents. Quelques secondes plus tard, il était remis, prêt à recevoir une autre baffe. La douleur était vive, mais la durée de celle-ci devait varier selon la force du coup.

L'homme n'avait qu'une mission, venir à bout de la femme.

Liora tourna la tête et fit signe au frère de Numéro 2 qui se trouvait là, puis elle partit s'installer dans un siège près d'un mur. Elle s'assit comme le ferait n'importe quel chef et elle attendit que les deux personnages commencent à se battre.

— Alors c'est comme ça que je dois mourir ? demanda Numéro 2 à son frère. Toutes ces années de sacrifice, toutes ces demandes à se voir deux fois par an, tout ça pour finir ainsi ? Tu veux détruire nos liens simplement parce qu'un Maître te demande de le faire ?

— Désolé mon frère, j'ai choisi mon chemin et tu as choisi le tien, je ne fais qu'exécuter les ordres. Répondit l'autre calmement.
— Alors exécute les biens, répondit Numéro 2.
Le chef espérait que son frère revienne à la raison et l'aide à combattre l'oppression, mais ce ne fut pas le cas.
Aussitôt leur phrase prononcée, Numéro 2 déclipsa les crochets de sa cape et l'envoya sur le côté. Il rangea son couteau pour le remettre à sa ceinture. Les deux combattants prirent une position de combat, attendirent un peu et se regardèrent dans le blanc des yeux. Ils ne tardèrent pas à se lancer l'un contre l'autre avec précipitation. Les coups de pied et de poing volaient dans tous les sens sans s'arrêter. Deux tornades venaient de se rencontrer et s'associer pour danser. Pas un coin de la pièce n'échappa aux coups de chacun des deux frères. Il était difficile de voir lequel était le plus puissant des deux, eux seuls le savaient. La géomégalie qui se battait contre elle-même faisait trembler le sol et les murs par les coups envoyés et parés. Les boulons sur les parois n'allaient peut-être pas suffire à retenir les plaques de métal qui vibraient.
Numéro 2 était un très bon combattant, et avait l'air de se débrouiller plutôt pas mal dans ce combat. Cependant, son frère rempli de haine avait cultivé ce sentiment de mépris pendant une bonne période passée avec le tyran du bâtiment et cela lui avait suffi pour le rendre plus fort. On pouvait voir dans ses yeux la froideur et l'horreur de ce qu'il avait vécu. Les capuches que l'on attribuait aux chefs étaient peut-être faites pour cacher la misère que pouvaient décrire les yeux des chefs. Le Khan du groupe jaune commençait à prendre l'avantage. La rage qui bouillait en lui le transformait en arme extrêmement efficace pour le combat et plus il s'énervait, plus il devenait puissant. Il donnait des coups sur les avant-bras de son frère qui lui faisaient à chaque fois un peu plus mal. Il tentait par la même occasion de le

distraire avec des jeux de jambes pour lui décocher des coups en hauteur.

— C'est bien les gars ! Continuez comme ça. Mais il faudrait quand même se dépêcher un peu Khan, on n'a pas toute la nuit. Tenait la femme assise sur sa chaise.

Et sur ses mots, le Khan se mit à pousser un cri tout en continuant d'avancer vers son adversaire qui ne pouvait que reculer. Il donnait des coups beaucoup plus rapides qu'avant et surpassait de loin l'entrainement qu'avait eu Numéro 2. Il était plus fort, plus rapide, et avait des tactiques de combat plus élaborées que son frère. Que pouvait bien contenir l'entrainement de la Maîtresse que les autres n'avaient pas ?

Le Khan finit par assainir un coup de poing au niveau de l'arcade de Numéro 2 et lui fit tourner la tête. Il balança un coup de pied droit en plein dans son genou et renvoya un coup dans son visage qui l'envoya à terre.

— STOP ! Dit la femme en rigolant. Finalement… Ne le finis pas tout de suite. Amusons-nous d'abord, pour bien lui faire comprendre qu'on ne fait pas le malin avec la hiérarchie et qu'il n'aurait pas fallu tuer un des chefs !

— Bien. Répondit le Khan sous ses ordres.

La femme se rapprocha des deux personnages et les regarda un moment avant de continuer.

— Brise-lui le bras gauche. Celui-là lui sert moins que le reste au vu de sa technique de combat. On va faire ça progressivement.

Numéro 2 qui n'allait pas se laisser faire se releva et partit un peu plus loin. Très vite il se trouva nez à nez avec la femme qui s'était déplacée. Comment avait-elle fait ? Elle s'était presque téléportée, montrant un sourire et des yeux perçants très effrayants au faux chef. Elle lui donna un grand coup dans l'estomac et l'ampleur du coup comme à chaque fois fut démentielle. L'homme derrière son masque ressentit dans son

ventre une douleur aussi extrême que le premier coup de poing qu'il avait pris par ce personnage. Il tomba à genoux, et les yeux grands ouverts il regarda son frère qui exécutait les ordres. Une larme de sang pouvait presque tomber de la paupière de Numéro 2.
Il n'eut pas le temps de réfléchir que son frère attrapa son bras gauche avec ce même côté, en envoyant un violent coup de pied dans le haut du membre de l'autre homme. Une aura rougeâtre apparut l'espace d'un instant, et l'impact extrêmement violent brisa le bras de l'homme à terre. Il cria dans son esprit, il se tordait de douleur et la laissait bouillir dans son corps, si bien que son cerveau pouvait cuire rien qu'au ressenti du mal.
— Bien... Qu'est-ce qu'on va casser maintenant ? demanda la plus haute gradée. Une jambe, à toi de choisir Khan.
Numéro 2 se jeta sur le côté et tenta de courir un peu plus loin pour reprendre ses esprits. Mais comme à la fois précédente il se retrouva nez à nez avec un sourire glacial puis une grande baffe dans le visage. La douleur était encore plus forte. Tous les membres de l'usurpateur tremblaient, il priait pour que cela s'arrête.
Le Khan et sa Maîtresse arrivèrent à hauteur du personnage. L'homme attrapa la jambe de son frère sans réfléchir.
Une larme commençait à se former dans l'œil de Numéro 2 qui sentait sa fin arriver. Le combat avait clairement été inégal... Il n'avait plus la force de s'énerver pour tenter de réanimer la géomégalie qui était apparemment dans son corps.
— Alors c'est comme ça ? C'est toi qui vas me tuer. Dit-il. Si je suis encore en vie, c'est pour toi. C'est pour te protéger. Tu es la seule chose qui a compté depuis que nous sommes ici. Et toi, tu penses faire le bon choix en anéantissant la seule personne en qui tu pouvais avoir confiance ? J'aurais dû mourir bien avant, sans te laisser la satisfaction de détruire ta propre famille. Fais donc ce que t'ordonne ton Maître. Tu n'as plus d'esprit et plus de cœur, tu trahis un soldat et un frère.

Tu avais accompli de si grands exploits au combat, tu mériterais le respect de tous les chefs de guerre, mais au lieu de ça tu vas choisir la médiocrité de celui qui tient le rang supérieur au tien.

Le Khan du groupe jaune qui s'était arrêté pour écouter les pleurs de son frère ne changea pas d'expression. Il n'avait pas l'air d'être touché par les mots de l'homme à terre. Il ne laissait paraître aucune émotion. Pourtant à cet instant il sentait quelque chose battre en lui. Une chose vivante tambourinait dans son buste.

La larme de Numéro 2 roula sur son visage et tomba de celle-ci pour se frayer un chemin dans les airs. Tout semblait calme et paisible l'espace d'un instant.

La larme toucha le sol et instantanément le Khan leva le bras en diagonale, le poing serré en direction de la jambe. Il le balança et frappa un petit coup sur la cuisse de l'homme à terre, et tendit encore ses muscles pour se relever et balancer le bout de ses doigts vers l'autre personnage qui se tenait là.

En une fraction de seconde la larme qui avait touché le sol avait réussi à faire ressentir un autre sentiment au Khan, qui avait la main plantée dans le buste de la femme tyrannique. Il avait presque traversé intégralement sa poitrine en l'emmenant un peu plus loin. Celle-ci, sans expression, regarda fixement le sol.

Les épaules de la femme s'abaissèrent un peu, relâchant ses muscles et elle tourna la tête vers l'autre.

— Comme c'est dommage. Je savais que j'aurais dû attendre avant de te faire connaître les autres émotions. J'ai été bête.

Elle tira une grande épée de son fourreau accroché à sa ceinture et attrapa de son autre main le bras du Khan qu'elle trancha en deux d'un coup. Elle abattit encore une fois sa lame pour trancher en deux le personnage de l'épaule à la hanche.

Tout était redevenu calme. Aucun bruit ne se faisait entendre dans la pièce pour laisser l'esprit du Khan s'évaporer de son corps. L'homme au sol était lui aussi silencieux, ses yeux regardant le vide ne lui indiquaient plus rien. Aucune pensée ne lui traversa l'esprit, aucun sentiment n'atteignait son visage et aucun muscle ne se contractait. Il venait lui aussi de mourir.

La femme relâcha son Khan qui tomba une nouvelle fois sur le sol. Elle ne dit rien, puis s'écarta un peu de Numéro 2 pour se diriger vers le milieu de la pièce. Elle balança un coup son sabre sur le côté pour enlever le sang de son sous-fifre, puis elle tendit le bras en avant, la lame de son épée vers le faux chef qui devait payer.

— À ton tour. Dit-elle en ayant perdu tout son air joyeux. J'espère que tu seras distrayant. Dis-toi que tu n'es pas le seul à être spécial.

Comment pouvait-elle être encore en vie ? Il était impossible que quelqu'un qui s'était fait tailler le cœur tienne encore sur ses deux jambes. Le gros trou qu'elle avait dans la poitrine ne lui avait rien fait. Comme l'avait pensé chacun des soldats avant Numéro 2, cette personne n'était pas humaine, c'était certain.

L'homme derrière son masque ne savait pas quoi faire, en réalité, il ne pensait pas. Il était à terre, l'esprit complètement vide et sans émotion. Il ressentit un tremblement, comme s'il était enfermé dans un cube de glace. Au fur et à mesure, ses petits mouvements devinrent de sacré tremblement. Il commençait à devenir fou.

La folie et le chagrin s'emparaient de lui tandis que son ennemie, la plus puissante de l'établissement, n'attendait que son accord pour le tuer. L'homme tomba dans les vapes, ses yeux roulés vers l'arrière. Il fit un dernier bond vers l'arrière pour tomber à plat sur le sol.

— Ah génial. J'ai tout perdu aujourd'hui. Dit la femme. Même pas un combat. J'espère pouvoir faire renaître le Khan, c'est pas gagné... J'ai plus qu'à tout nettoyer mainte...

Et la femme n'eut pas le temps de finir sa phrase. Une petite étincelle bleue avait surgi du corps de Numéro 2 et ses yeux devenus de la même couleur, aussi perçants qu'un millier d'aiguilles, se trouvaient

juste en face de la Maîtresse. Le temps s'était arrêté. L'homme attrapa le crâne de son ennemie sur le côté droit, posa son pied gauche sur le sol, aussi légèrement qu'une plume. Il balança son bras vers le sol sans prendre garde à sa force et se pencha vers le sol extrêmement rapidement. Comme attiré par le centre de la Terre, il envoya la paume de sa main et son contenu sur la plaque de métal du dessous. Le mélange de la colère et de l'extrême tristesse qu'il ressentait se fit entendre dans le crâne de la femme qui allait mourir. Le coup fut si intense et si vif que le corps de l'autre fut piqué en diagonale dans le sol.
Numéro 2 encore aveuglé par la colère envoya sa jambe droite sur le côté pour lui donner de l'élan. Il envoya un coup de pied avec une force herculéenne sur le côté de son ennemie qui partit s'encastrer dans le mur d'en face. Il ne bougeait plus et elle non plus. Le silence régnait encore pendant quelques secondes. Les seules choses qui restaient sur place étaient les corps sans vie des deux personnages. Le chef debout n'était qu'à moitié conscient et la chose qui vivait avec lui dicta ses mouvements. Le personnage aux yeux bleus attrapa de nouveau sa cape pour l'enfiler, partit chercher la lame de la Maîtresse pour la mettre à sa ceinture, et alla aux côtés de son frère.
— Désolé, ce sera douloureux.
Il attrapa les morceaux du personnage en commençant par son bras qu'il recolla à la moitié manquante. Une petite étincelle vibra dans la plaie et la referma aussitôt. La créature sous la capuche prit désormais les deux autres morceaux pour les recoller de la même manière, ainsi, une autre étincelle se fraya un chemin dans la plaie et souda à nouveau le personnage en un seul morceau. Le chef sans réfléchir attrapa son frère encore inconscient pour le poser sur son épaule gauche qui s'était apparemment bien rétablie. Il commença à courir dans les couloirs pour se diriger vers les quartiers du groupe orange. Aussitôt arrivé, l'homme ouvrit les portes de chacun des soldats sauf le Numéro 4 et il

fit signe à chacun de le suivre. Tous coururent en rythme sans faire de bruit, sans poser de question, vers les quartiers des chefs. Numéro 2 indiqua aux hommes et aux femmes de son groupe de prendre les armes qu'il avait laissées dans sa chambre. Le chef les suivit et attrapa le second masque dans son bureau.

Il prit ensuite la route de la tour de garde, arriva devant l'échelle avec ses camarades et attrapa aussitôt un barreau. L'homme se balançant vers le haut en poussant avec ses jambes et son seul bras attrapait un barreau sur trois. Les autres derrière lui, sans poser de questions, le suivirent, mais n'arrivaient pas à tenir la cadence. Arrivé à peu près à un tiers de l'échelle, le chef s'arrêta et passa sa jambe gauche au travers des barreaux pour se tenir en équilibre. Il attrapa un de ses couteaux pour le planter entre deux parois de métal qui ne résistèrent pas et firent un jour. Quand il y eut un peu de jeu, il enleva le boulon et fit de même de l'autre côté de la paroi. Il monta un peu et donna deux grands coups de pied dans ce morceau de mur qui plia de l'autre côté. Son calcul avait été plutôt bon, il était à deux mètres au-dessus du sol.
— Vous passerez par ici. Dit-il à ses soldats. Je reviens dans quelques instants, prenez mon frère en attendant et faites-le sortir avec vous.
Et en disant cela, il donna son frère à la femme qui se trouvait derrière lui puis reprit sa route sur l'échelle. Il arriva à toute vitesse en haut et se balança pour atteindre la plateforme de la tour. De là, il vit le troisième chef de la couleur verte sur un superbe paysage nocturne. Sans réfléchir, il s'approcha et lui envoya un coup en pleine figure qui le mit K.O dans sa chaise. Le chef attrapa la bassine d'eau et en but de pleines gorgées pour la route. Il jeta par-dessus bord l'homme dans les vapes pour ne lui laisser aucune chance et attrapa la rambarde pour faire de même avec la marmite dans les mains. Il sauta sans peur et attendit quelques secondes dans les airs, observant le panorama avant de regarder ses pieds. Il tomba sur le sol sableux aussi violemment que possible, mais ne plia qu'à peine les genoux. Il n'avait rien. Pas une

égratignure, et l'eau n'avait pas débordé. Regardant le chef mort à côté, il lui ôta son armure et la posa sur son bras gauche avant d'aller rejoindre les soldats. Il tendit l'armure à la jeune femme qui était Khan du groupe et posa l'eau au milieu des autres. Il eut une grande inspiration et reprit conscience. L'homme savait ce qu'il avait fait et ce qui lui restait à faire, mais il n'était plus tout seul. Il alla auprès de son frère posé au sol et lui donna son second masque pour lui faire respirer un meilleur air.

— Pourquoi avez-vous tué ce chef ? demanda la femme.
— S'il nous avait vus marcher au loin, il aurait averti les autres chefs et ils nous auraient surement poursuivis, je ne voulais pas prendre le risque de les rameuter, surtout après la mort du Maître.

Les soldats qui entendirent cela furent choqués dans un premier temps. Ils n'en croyaient pas leurs oreilles. Le chef du bâtiment n'était plus. L'oppression était finie, la prison, les reproches, les coups de fouet ou de bâton et la peur de tous les supérieurs, tout avait pris fin. La quasi-totalité de leur problème était résolue, il ne leur fallait plus que de la nourriture assez rapidement sans quoi ils n'allaient pas tenir longtemps.

La nuit était belle et claire, un temps idéal pour commencer la marche dans un désert. Tandis que la jeune Khan du groupe enfilait son uniforme, les autres burent un peu d'eau qu'ils trouvèrent merveilleusement bonne.

Numéro 2 sans vouloir s'attarder reposa son frère sur son épaule et se releva. Il fixait l'horizon de ses yeux bleus perçants, un petit sourire au coin des lèvres. Il fit le premier pas en direction du village au loin.
Lui et les soldats étaient libres.

FIN